本研究受广西高校人文社会科学重点研究基地"北部湾海洋发展研究中心"
项目资助（2018BMCA05）

中国古代诗歌中
北部湾地域意象的生成研究

林 澜◎著

汕頭大學出版社

图书在版编目（CIP）数据

中国古代诗歌中北部湾地域意象的生成研究 / 林澜著 . -- 汕头：汕头大学出版社，2023.10
ISBN 978-7-5658-5147-6

Ⅰ.①中… Ⅱ.①林… Ⅲ.①古典诗歌—诗歌研究—中国 Ⅳ.① I207.22

中国版本图书馆 CIP 数据核字 (2023) 第 181899 号

中国古代诗歌中北部湾地域意象的生成研究
ZHONGGUO GUDAI SHIGE ZHONG BEIBUWAN DIYU YIXIANG DE SHENGCHENG YANJIU

作　　者：	林　澜
责任编辑：	邹　峰
责任技编：	黄东生
封面设计：	云思博雅
出版发行：	汕头大学出版社
	广东省汕头市大学路 243 号汕头大学校园内　邮政编码：515063
电　　话：	0754-82904613
印　　刷：	广东虎彩云印刷有限公司
开　　本：	710mm×1000 mm　1/16
印　　张：	11
字　　数：	152 千字
版　　次：	2023 年 10 月第 1 版
印　　次：	2023 年 10 月第 1 次印刷
定　　价：	49.00 元

ISBN 978-7-5658-5147-6

版权所有，翻版必究

序　言

2017年1月,国务院同意建设北部湾城市群,规划范围包括广西壮族自治区南宁市、北海市、钦州市、防城港市、玉林市、崇左市,广东省湛江市、茂名市、阳江市,海南省海口市、儋州市、东方市、澄迈县、临高县、昌江黎族自治县。这是现代意义的北部湾。同年4月,习近平总书记在广西考察时指出:"广西有条件在'一带一路'建设中发挥更大作用。要立足独特区位,释放'海'的潜力,激发'江'的活力,做足'边'的文章,全力实施开放带动战略。"林澜老师所研究的古诗中的北部湾地域意象,涉及的正是"海""江"和"边"。

作为北部湾大学的一员,身处北部湾,发掘古诗中的北部湾地域意象及其蕴含的文化内涵,这是最恰如其分的一件事,也是对国家和地方经济文化发展倡议所给予的积极回应。

身为北部湾人,如果对古诗中大量出现的"合浦珠还""伏波铜柱""飞鸢堕水"等意象的内涵都不甚了解,那么何谈建设文化北部湾?其实,这些描述古代北部湾地区生态和人文环境的意象,已经通过吟诵至今的一首首诗篇,成为一种文化的集体记忆,成为一种文化的凝聚力。林澜老师的研究涉及历朝历代的大量诗篇,还有域外诗人的作品。通过她的研究,我们得以认识到古代诗人对北部湾一带是多么关注,北部湾地域意象在古诗创作中有着多么重要的作用——哪怕有些意象意味着蛮荒、流寓、边远,也依然因为意象的互文性而传承下来,并将发扬下去。

连大诗人苏轼都在使用发生在北部湾的典故:"不须更待飞鸢堕,方念平生马少游。"原本表达的是环境艰苦,却催生了一种英雄情怀。相信"苏粉"因此再难抗拒北部湾的魅力,更相信林澜老师会深稽博考,在这一领域不断取得新成果。

岭南师范学院

刘玉梅

2022 年 10 月 1 日

自　序

在古代诗歌中，特定的地理空间区域能够被创造成为地域意象，并在文学发展过程当中，逐渐衍伸出各种文化符号，因此解读、探索其中的文化内涵成为研究地域文化的途径之一。本研究以中国古代诗歌中涉及北部湾地区的地域意象为研究对象，首先爬梳意象、地域意象及北部湾地域意象。然后着重厘清中国古代诗歌中较具代表性的北部湾地域意象：合浦、交州、涨海、合浦珠还、伏波铜柱、鲛人、象、犀、薏苡、桄榔、荔枝、龙眼、瘴疠、飓母、天涯海角等，以及它们所具有的廉洁文化、情感告白、英雄情怀等象征意义。北部湾地域意象大多形成组合，因此有必要探究它们的组合方式及生成的内涵。如果说北部湾地域意象出现在本土诗人的诗歌中是理所应当，那么当它们出现在域外诗歌创作中，则可看出北部湾地域意象在中华文化话语体系中的影响，而在诗人的自觉传承发扬下，这种影响甚至渗透到了异域。北部湾地域意象还构成了意象群，认清典型的北部湾地域意象群如伏波铜柱意象群、合浦珠还意象群和交州、合浦、天涯等意象群有助于对诗歌的更进一步理解。它们的文化根源既可追溯至地域文化的自然培育，又有诗人流寓文化的主观营构。

中国古代诗歌中的北部湾地域意象，包含历史典故、历史人物、历史地名，有与当地息息相关的动物、植物、自然现象等。在北部湾地区形成的地域意象具有其文化根源，首先由地域文化培育，然后由流寓文化发展提升。这些具有历史色彩的意象与诗人的心境相契合,拓宽了诗歌富于哲思、意旨高远的深度和厚度。也因此,北部湾地域意象超越了时空,贯穿了古今。

  至此,本研究已告一段落,并略有收获,但是价值究竟如何,尚有待评说。本着研究的精神,刊诸枣梨,旨在抛砖引玉,希望能对深化北部湾地域文化底蕴有所帮助,亦已足矣。

  是为序。

林　澜

2022 年 8 月 29 日于古安州

目录

序　言　　　　　　　　　　　　　　　　　　刘玉梅
自　序　　　　　　　　　　　　　　　　　　林　澜

第一章　绪　论 / 1

一、意象与诗歌意象 / 1

二、地域意象 / 7

（一）古诗中岭南一带地域意象或意象群的整体研究 / 8

（二）古诗中岭南一带单个地域意象研究 / 9

（三）某个诗人诗歌中岭南一带的地域意象研究 / 10

（四）古诗中岭南一带地域意象比较研究 / 11

三、北部湾及北部湾文学研究 / 11

（一）北部湾 / 11

（二）北部湾文学的研究 / 13

第二章　古诗中的北部湾地域意象 / 17

一、地名生成意象 / 19

（一）合浦 / 19

（二）廉州 / 20

　　（三）交州、交趾 / 21

　　（四）浪泊 / 24

　　（五）涨海 / 26

二、人名、封号生成意象 / 28

　　（一）马援 / 28

　　（二）伏波、新息 / 29

　　（三）孟尝 / 36

三、动物生成意象 / 37

　　（一）鲛人、泉客、泉先、渊客 / 37

　　（二）飞鸢 / 41

　　（三）鲎 / 43

　　（四）蚝 / 48

　　（五）象 / 50

　　（六）犀、通犀 / 51

四、植物生成意象 / 52

　　（一）合浦衫叶、合浦叶 / 53

　　（二）荔枝 / 55

　　（三）龙眼 / 56

　　（四）椰子 / 58

　　（五）桄榔 / 59

　　（六）槟榔 / 62

五、自然现象生成意象 / 64

　　（一）瘴 / 65

　　（二）蛋雨 / 68

（三）飓母 / 70

　　（四）蜃、蜃气、蜃楼 / 71

六、事典生成意象 / 72

　　（一）合浦珠 / 72

　　（二）合浦珠还、合浦还珠 / 75

　　（三）马援铜柱 / 85

　　（四）薏苡之谤 / 90

　　（五）马革裹尸 / 93

　　（六）天涯海角 / 95

第三章　北部湾地域意象的组合及生成的内涵 / 100

一、北部湾地域意象的组合方式 / 100

　　（一）并列式意象组合 / 101

　　（二）对比式意象组合 / 102

　　（三）递进式意象组合 / 104

二、北部湾地域意象组合生成的内涵 / 105

第四章　本土及域外诗人作品中的意象探略 / 109

一、冯敏昌诗歌中的地域意象 / 109

　　（一）使用典故将中国文化渗透到对家乡环境景色的吟咏和
　　　　 叙述中 / 111

　　（二）在诗作中掺入家乡的元素，使其作品呈现出中国文化
　　　　 背景下的地域特色 / 113

　　（三）使用并列意象组合丰富叙事内涵 / 117

二、域外诗中的北部湾地域意象 / 118

第五章　北部湾地域意象群 / 126

一、伏波铜柱意象群 / 127

二、合浦珠、鲛人意象群 / 130

三、交州、合浦、天涯意象群和炎荒、瘴疠、蛮夷意象群 / 134

（一）交州、合浦、天涯意象群 / 134

（二）炎荒、瘴疠、蛮夷意象群 / 139

第六章　北部湾地域意象的文化根源探寻 / 144

一、地域文化 / 144

（一）珍珠文化 / 144

（二）伏波文化 / 152

二、流寓文化 / 155

第七章　结语 / 159

第一章 绪 论

一、意象与诗歌意象

意象这一术语在心理学、语言学、文艺学等领域都被广泛使用。心理学中的意象表示事物在人脑中的复现,是一种表象;语言学中,认知语言学的术语"意象图式"源于具体的心理意象(mental images),"是存在于我们感知和身体运作程序中一种反复出现的动态模式,它使得我们的身体经验具有结构和连贯性","意象图式处于相对具体的心理意象和相对抽象的命题式结构之间"。[1] 文艺学中的意象是指作者在创作文学作品时,把自己对社会、生活的主观感受、情感、思想等寄托在精心选定的客观物象上,使之成为"含意之象",成为可感可触的、生动的艺术形象,从而使作品产生强烈的感染力。虽然文艺学中的意象和心理学中的意象有所不同,但从心理学角度分析,文艺学中的意象建构和解读也是作者文艺创作和读者欣赏时的一种心理活动。不同的是,心理学中的意象可以是审美的,也可以是非审美的,而文艺学中的意象必定是审美的。[2]

中国的意象理论源远流长,《周易·系辞上》:"子曰:圣人立象以尽意。"[3] 象指卦象,是对卦作的解释,即象辞;意指天意,天意难觅,难以用语言说清,因此,圣人通过立象将天意传达。东汉王充首次在《论衡·乱龙篇》里谈到:"夫画布为熊麋之象,名布为侯,礼贵意象,示义取名

---

[1] 蓝纯.认知语言学与隐喻研究[M].北京:外语教学与研究出版社,2005:58.
[2] 刘芳.诗歌意象语言研究[M].上海:上海译文出版社,2012:5.
[3] 孙振声.易经入门[M].北京:文化艺术出版社,2004:354.

也。"[1]王充把"意象"理解为表意之象,从其"示义取名"的目的看,观者辨象会意,具有严格意义上的象征之意。在文学领域内最早使用意象的是齐梁刘勰,其《文心雕龙·神思》提出:

是以陶钧文思,贵在虚静,疏瀹五藏,澡雪精神。积学以储宝,酌理以富才,研阅以穷照,驯致以怿辞,然后使玄解之宰,寻声律而定墨;独照之匠,窥意象而运斤:此盖驭文之首术,谋篇之大端。[2]

刘勰认为,运用意象要独具匠心,营造意象是文学构思的首要任务。刘勰所说意象是主体的审美过程,是一种艺术表达前的意中之象,这一阐释增加了意象的美学意蕴,将意象引入诗学范畴,意象从此具备了文学审美的内涵。刘勰的"意象"论是"意"与"象"并重的,刘勰既把"意象"作为诗歌艺术的核心,同时也将对"意象"的塑造作为诗人艺术审美与创作水平的要求与体现,可以说"意象"充当了诗人与读者情感沟通的媒介,是诗人情感的外在表现形式,它其中蕴含着作者对生活的体验和感知。

其实,意象一直是中西诗人和诗歌评论家关注的一个重点,亦是我国古典文论中的重要审美范畴。作为古典诗歌的基本单位,意象是诗人主观情感与客观物象相结合的产物,它给人丰富的想象,有着巨大的感情张力。袁行霈在其专著《中国诗歌艺术研究》中如此定义意象:"意象是融入了主观情意的客观物象,或者是借助客观物象表现出来的主观情意。"袁先生对古人所使用的意象这一概念,加以整理、引申和发展,给它以明确的解释,并用它来说明中国古典诗歌的艺术特点和艺术规律。[3]

---

[1] 王充.论衡[M]//诸子集成:第七册.北京:中华书局,1954:158.
[2] 周振甫:文心雕龙今译[M].北京:人民文学出版社,1981:249.
[3] 袁行霈.中国诗歌艺术研究[M].北京:北京大学出版社,2009:54.

陈满铭在《意象学广论》道："'意'是主体的,'象'是客体的,主客体两者经由'异质同构'而趋于统一,美感就产生于篇章字句之间。"[1]朱光潜《诗论》说得更为形象、诗意:"纷至沓来的意象凌乱破碎,不成章法,不成生命,必须有情趣来融化它们,灌注它们,才内有生命,外有完整形象。"[2]

台湾学者陈宣谕归纳综合了中国、西方、近代、古今诗学、辞章学对意象的诠释,得出结论如下:1."意象"是创作者内在情意、意念、心意等主观抽象的感情思致与外在物象、景象、事象、形象等客观现实的感知对象相交融后,透过语言文字,将此精神活动落实于作品中,呈现主体思想和情感的表现。2. 意象并非一定由视觉产生,意象可以作为一种"描述"存在,也可作为一种隐喻存在,不仅可通过感官去观察,也可藉由心灵去把握。因此,意象是主体与客体的结合,意象形成是一个"化虚为实"的过程,是一个"使情成体"的过程。[3] 因为意象这种"象""意"交融、主客结合的特点,是"融入了主观情意的客观物象,或者是借助客观物象表现出来的主观情意",即情意与客观物象已经融为一体,你中有我,我中有你,所以,意象即客观物象与情意,通过文学作品可以传承下来,能够担负起文化的传承功能。

文学领域中意象一词的运用最早源自中国诗歌理论,是中国诗歌理论中出现最早而且又得到广泛运用的重要术语,因此,文学中一提及意象也多指诗歌意象。本研究主要围绕中国古代诗词的意象,也有小说、戏剧的诗词的意象。

意象是中国诗歌中的一个核心元素和诗歌评论中的一个核心术语,而诗歌意象是诗歌的基本构成因素,是诗歌的灵魂和本质特征,起着至关重要的作用。诗人往往喜爱营造意象,用意象进行思考和表达。王长

---

[1] 陈满铭.意象学广论[M].台北:万卷楼图书股份有限公司,2006:140-141.
[2] 朱光潜.朱光潜美学文集:第二卷[M].上海:上海文艺出版社,1982:54.
[3] 陈宣谕.李白诗歌海意象[M].台北:万卷楼图书股份有限公司,2011:33.

俊先生认为:"诗歌意象的产生,也是'象'(表象)接受'情'的渗透的结果,一旦生活表象染情,就成为诗歌意象。"[1]翁光宇先生说:"意象是诗人的主观意念和外界的客观物象猝然撞击的产物,是诗人为了表现自己的内心世界,把客观的物象经过选择、提炼,重新组合后而产生的一种含有特定意义的语言形象。"[2]袁行霈先生对诗歌意象有细致的分析:"一首诗从字面看是词语的连缀;从艺术构思的角度看则是意象的组合。在中国古典诗歌特别是近体诗和词里,意象可以直接拼合,无须乎中间的媒介。起连接作用的虚词,如连词、介词可以省略,因而意象之间的逻辑关系不很确定。一个意象接一个意象,一个画面接一个画面,有类似电影蒙太奇的艺术效果。"[3]清楚说明了中国诗歌意象的特点及其对诗歌审美的重要性。

  这些学者都从不同的侧面对诗歌意象做了不同的界定和阐释,但它们的核心内涵是一致的,即诗歌意象由主观的"意"和客观的"象"两个方面融汇组合而成。"意"即指思想、情感、观念意识等,"象"即指自然、社会各种客体的具体物象、事象。诗歌意象是"情"与"景"的交融,"心"与"物"的互映。诗人首先对外界事物心有所感,然后将之寄托于精心选定的具体物象或事象,并融入自己的感受,创造出特定的意象,再由意象构成诗作中特定的艺术意境。当主观的"意"与客观的"象"在思维空间经过碰撞而有机融合之时,便产生了主客观统一的诗歌意象。诗歌意象作为情思的载体,其作用在于立象寓意、托物言志、借景抒情。诗人将主观情思寄托于客观事物,将抽象的情思寄托于具体的物象,使之成为情景交融的可感可触的艺术形象,从而产生无限的艺术魅力。[4]

  诗歌意象这一术语自诞生之日起,就与大自然以及社会中个别具体

---

[1] 王长俊.诗歌意象学[M].合肥:安徽文艺出版社,2000:21.
[2] 吴晓.意象符号与情感空间[M].北京:中国社会科学出版社,1990:8.
[3] 袁行霈.袁行霈学术文化随笔[M].北京:中国青年出版社,1998:160.
[4] 本部分主要参考:刘芳.诗歌意象语言研究[M].上海:上海译文出版社,2012:5-8.

的、可感知的客观事物联系在一起。客观物象、事象入诗即成为诗歌意象,从而成为诗人主观情思的寄托物。从语言学角度看,中国古代诗歌中承载一组意象的语言可以是单个的意象词语,即名词性词语,如"铜柱""明珠""合浦衫叶";也可以是一个固定的熟语,如"马革裹尸""庄生梦蝶""珠还合浦"。

关于诗歌意象的理论研究已很丰富。如陈植锷的《诗歌意象论:微观诗史初探》阐释了意象的主观象喻性、递相沿袭性和多义歧解性三大艺术特征,并以意象创造及其发展演变为透镜,审视了它对中国古典诗歌发展史所产生的影响和作用。作者认为,意象的第一个特征是主观象喻性,意象是作者内心世界的自我表现。第二个特征是递相沿袭性,意象乃是文人、歌者们历代相沿的集体创造。第三个特征是多义歧解性,意象是读者和作者的共同创造。亦即,诗歌的意象,就是前人、后人、作者、读者,延续了千百年时间,经过了千百人之手的集体大创造。[1] 作者还指出,作为我国早期诗歌意象经营的三种模式,《诗经》的赋、比、兴法对后世的积极影响,不仅在于留给后人不少作诗的现成思路,而且在于为历代诗人提供了意象创造的重要方法——意象的组合。[2]

王长俊《诗歌意象学》阐述诗歌意象的不确定性与象征性,因此产生模糊审美与意义猜想。作者认为,诗歌意象作为诗人主观的"意"与客观物象的统一体,便是时间、空间特性与观念的反映。王长俊还认为,诗歌意象的生成分为诗歌意象的原始生成、诗歌意象的创作生成和诗歌意象的阅读生成。他的诗歌分类还包括:单一意象与复合意象;主意象、副意象、装饰性意象。[3]

熊开发等的《中国古典文学意象研究》对意、象及相关用语的字源学进行了考察,辨析了"兴象"相关语汇,爬梳宋元明清意象理论撮要,

---

[1] 陈植锷.诗歌意象论[M].北京:中国社会科学出版社,1990:298.
[2] 陈植锷.诗歌意象论[M].北京:中国社会科学出版社,1990:65.
[3] 王长俊.诗歌意象学[M].合肥:安徽文艺出版社,2000.

论述了意象与叙事、意象性思维特征,阐释"境域"视角下的意象。还分析了唐人诗歌创作中的意象营构,元、明文学作品中的典型意象,清初诗歌意象中的"故国",及清代中后期的作家作品意象。[1]

这些意象研究都从理论的高度研究阐释了古代文学作品的意象,为意象研究提供了充实的理论依据,为意象研究的开展指出了途径和渠道。

也有学者进行了某一诗人诗歌意象运用的研究,如《杜甫诗之意象研究》[2]、《李白诗歌海意象的研究》[3]、《李后主词的通感意象》[4]等。意象翻译的研究也不少,如《〈庄子〉英译:审美意象的译者接受研究》[5]、《翻译美学视角下古诗意象翻译》[6]、《中国古诗意象翻译初探》[7]等,所采用的研究视角非常丰富。同时还有意象翻译实践,如《汉英翻译的意象与境界》[8]。

此外,《邓恩诗歌意象研究——兼与李清照诗词意象比较》立足于邓恩诗的意象与李清照词意象的相似点,对二者作品进行了比较研究。[9] 还有将唐诗与美国 20 世纪诗歌中的植物意象进行比较研究[10],将中日古典诗歌中的梅花意象进行比较研究[11],在物哀美学视

---

[1] 熊开发,李彩霞,朱小宁,张平.中国古典文学意象研究[M].北京:社会科学文献出版社,2017.
[2] 欧丽娟.杜甫诗之意象研究[M].新北:花木兰文化出版社,2008.
[3] 陈宣谕.李白诗歌海意象[M].台北:万卷楼图书股份有限公司,2011.
[4] 李心铭.李后主词的通感意象[M].台北:秀威资讯科技股份有限公司,2012.
[5] 姜莉.《庄子》英译:审美意象的译者接受研究[M].北京:北京师范大学出版社,2014.
[6] 石彬.翻译美学视角下古诗意象翻译[J].山海经,2016(05):172.
[7] 王凯凤,冯文坤.中国古诗意象翻译初探[J].湛江师范学院学报,2006(01):125-128.
[8] 曾凯民.汉英翻译的意象与境界[M].北京:冶金工业出版社,2015.
[9] 李正栓,杨丽.邓恩诗歌意象研究:兼与李清照诗词意象比较[J].外语与外语教学,2006(04):34-37.
[10] 徐天韵.唐诗与美国二十世纪诗歌中的植物意象比较研究[D].南京:南京师范大学,2017.
[11] 孙静冉.中日古典诗歌中的梅花意象比较[J].重庆文理学院学报(社会科学版),2012,31(4):95-97.

域下将中日诗歌意象进行比析[1]。或者从域外的视野对唐诗的意象进行研究,如《论日本汉学界的唐诗意象研究》[2]。

总的来说,诗歌意象的研究成果非常丰硕,理论性、系统性、实践性、对比性皆很完备。

二、地域意象

中国文学一个突出的特点是存在着很多类型化的意象。这中间,有很多与地理有关。有些是地域色彩浓烈的文学人物,有些是空间特征明显的文化地域,还有些是基于独特时空结构而塑造出来的故事原型。作为文学生产的原料,它们起着强烈的思维定向的作用。读者看到这种意象,会情不自禁地产生某种固定的联想,迅即领会作者不用直白语言表露的情绪。可以说,这种意象在读者和作者之间起着一种思维传导的媒介作用。

如果在诗歌中,"'一种特定情趣和意味的艺术符号的意象',被用以表现特定区域的人文景观、地方特色,并且由于大量、长期、反复地使用,以致成为承载该区域地方经验、历史记忆、文化遗产的故实、典故,不仅流播于当地,而且流通于外地,那么,这种意象即可称之为地理文化意象,也即……地域意象"[3]。

这些类型化的地理意象,其意义相当于文学典故。其本身的文化涵义及形成过程,具有足够的研究价值。以往文学史、艺术史领域的学者对这些类型化的地理意象有过不少相关研究,但对地理因素注重得不够。而地理学者对这种问题则素少关注。[4] 最近十年来,文学地理研

---

[1] 杨苑珊,向梦雨.物哀美学视域下中日诗歌意象比析[J].汉字文化,2022(14):182-184.
[2] 张莉娜.论日本汉学界的唐诗意象研究[D].上海:华东师范大学,2011.
[3] 潘泠.汉唐间南北诗人对地域意象的不同形塑:以《乐府诗集》为中心[D].上海:华东师范大学,2015.
[4] 张伟然.中古文学的地理意象[M].北京:中华书局,2014:193-194.

究作为一种研究视角日益受到重视。文学地理学研究通常借鉴文化地理学的理论和方法,侧重于从空间视角审视文学现象,研究文学的地域分布差异及成因,探讨不同区域文学的地域特征及其差异。其内容涉及文学家的籍贯分布与地区差异、文学风貌与地理环境的关系,文学中心的形成与文学传播、区域文化对文人群体的影响等。[1]

关于研究地域意象的意义,李志明等以北固山为例,梳理出地域意象是如何在文学发展的过程当中,逐渐上升为各种文化符号,如能够承担家国之思、英雄壮志的文化符号等。[2] 苏建宁等认为:我们可以寻找地域精神,创造地域意象,强化地域感,认同地域文化,试图回归历史,与传统重新续接。[3]

中国古代诗歌中的北部湾地域意象研究,因"北部湾"这一名称在1955年才出现,故而本研究将诗歌中与南海、岭南及周边地区相关的地域意象研究皆包含在内。相关的已有研究可以归纳为以下四个方面:

(一)古诗中岭南一带地域意象或意象群的整体研究

一般而言,对古代诗歌中南方、岭南的意象解读基本都会有如下特征:"南方卑湿""南方多虫毒""南方多瘴"及"南方佳山水"等[4]。钟乃元认为,粤西诗作品中有大量既富含粤西地域色彩又能恰当表情达意的意象。如象征漂泊与回归的苍梧云、合浦叶,蕴含忧愁哀伤的似剑戟的尖山,透出惊惧惶恐的飓母、瘴疠,能激发诗人功名之心的马援铜柱,令人缅怀清廉吏治的合浦珠池,氤氲着道教氛围的勾漏丹砂,等等。提出在唐宋时期粤西民族矛盾、民族政策的背景之下,诗人抒写和平共处主题、建功立业主题时所发掘的具有象征意义的历史文化符号,如陆贾、

---

[1] 宋展云.地域文化与汉末魏晋文学演进[M].北京:社会科学文献出版社,2017:3-4.
[2] 李志明,蔡琳燕,周心怡.关于"地域意象"在诗歌创作中生成机制的研究:以"北固山"意象的上升为例[J].文教资料,2017(8):18-20.
[3] 苏建宁,汪中海.地域中的意象文化研究[J].新西部,2007(18):219-220.
[4] 赵仁龙.唐代宦游文士之南方生态意象研究[D].天津:南开大学,2012.

马援、铜柱等,不仅表明了诗人修文德或者事武功的价值取向,也丰富了诗歌的语言、意象,增强了诗歌的地域文化内涵,并使诗歌具有了异域风情。[1]《唐诗中的岭南意象研究》对岭南意象在唐诗中的入诗情况进行整理,并追溯背后的成因,探究岭南意象入诗的意义。[2] 还有研究以唐宋中原文人流寓广西时期的创作为研究对象,以地域文化和意象等概念为理论指导,提炼出"广西意象",将广西六大意象群分为炎荒意象群、瘴疠意象群、山水意象群、蛮夷意象群、贬地意象群和边防意象群。[3]《岭南地域文化环境中的唐诗意象创造》指出唐代岭南诗歌形成以"岭海和瘴疠""客和囚""虞翻和尉佗"三种形态为标志的意象群落。[4] 有学者认为,岭南意象成为唐宋贬谪诗中观照贬谪诗人心理与情感的独特视角,深化了贬谪诗之归情题材,使深蕴于贬谪诗之归情中的传统文化审美内涵和人文精神得到长足彰显。[5]

(二)古诗中岭南一带单个地域意象研究

此类型研究主要集中于"人鱼"与"荔枝"这两个地域意象,如唐诗鲛人意象的探微[6],对中国文学作品中人鱼意象演变及其文化内涵的探究[7],对中国古代海洋小说中"人鱼"叙事的历史变迁和文化蕴涵的研究[8],黄庭坚词的荔枝意象研究[9],等等。清代广府诗人谭莹的《岭

---

[1] 钟乃元.唐宋粤西地域文化与诗歌研究[M].北京:民族出版社,2012.
[2] 赵海翔.唐诗中的岭南意象研究[D].南昌:江西师范大学,2021.
[3] 张超.此心安处是吾乡:唐宋时期中原流寓文人作品的广西意象[D].南宁:广西大学,2012.
[4] 罗媛元,赵维江.岭南地域文化环境中的唐诗意象创造[J].暨南学报(哲学社会科学版),2008(05):90-95,155.
[5] 侯艳.岭南意象视角下唐宋贬谪诗的归情[J].广西社会科学,2013(5):150-154.
[6] 程润峰.龙绡潜织碧月下 珠泪遗泣青冥中:唐诗鲛人意象探微[J].海南广播电视大学学报,2020(04):1-6.
[7] 周甜甜.中国文学作品中人鱼意象演变及其文化内涵[J].文学教育,2015(01):144-145.
[8] 倪浓水.中国古代海洋小说中"人鱼"叙事的历史变迁和文化蕴涵[J].中国海洋大学学报(社会科学版),2008(02):65-68.
[9] 韩明亮.黄庭坚词的荔枝意象[J].文教资料,2019(36):115-118,93.

南荔枝词》在"讽荔"模式之外,将荔枝当作独立的审美意象,特别是围绕民俗风情、荔枝本体、借荔喻事三个方面,对岭南荔枝进行诗意呈现,对荔枝风情给予深切凝视,营造出了一个充满岭南风情的诗性空间,具有独特的诗美价值。[1]

(三) 某个诗人诗歌中岭南一带的地域意象研究

广东明末著名学者、诗人屈大均的诗歌具有强烈的地域色彩,卜庆安对其诗歌中的地域意象进行了系列研究,有《屈大均诗歌意象研究》[2]《屈大均诗歌意象类型探析》[3]《屈大均诗歌意象及其风格探析》[4]等。研究虽然没有指出屈诗中使用地域意象,但是提及屈诗中的罗浮山水诗喜欢使用具有地域性的神灵意象如"麻姑""玉女",和具有地域性的建筑物"石楼"等[5]。清代岭南大儒冯敏昌的部分诗歌也具有强烈的地域特色,《冯敏昌诗歌的岭南书写及其地域意识》指出,冯敏昌诗歌岭南意象的重构,主要体现在对瘴气、荔枝、桂蠹、大庾岭等意象的褒义内涵的使用。[6]《冯敏昌与中国文化认知体系下个体叙事模式的构建》则认为,冯敏昌通过用典和化用诗词名句,将自己的个体经验、家乡的地域特色与中国传统文化相融合,形成了独特的中国文化认知体系下的个体叙事模式。[7]

---

[1] 谢中元."讽荔"之外:《岭南荔枝词》的诗美价值[J].佛山科学技术学院学报(社会科学版),2011(02):40-44.

[2] 卜庆安.屈大均诗歌意象研究[D].济南:山东师范大学,2003.

[3] 卜庆安.屈大均诗歌意象类型探析[J].江西师范大学学报(哲学社会科学版),2007(02):68-72.

[4] 卜庆安.屈大均诗歌意象及其风格探析[J].山东文学,2009(S4):46-48.

[5] 参见:卜庆安.屈大均诗歌意象研究[D].济南:山东师范大学,2003.

[6] 陈奕奕.冯敏昌诗歌的岭南书写及其地域意识[J].北部湾大学学报,2022,37(03):23-27.

[7] 林澜.冯敏昌与中国文化认知体系下个体叙事模式的构建[J].中华优秀传统文化研究,2019(00):169-177.

(四)古诗中岭南一带地域意象比较研究

《古典诗文中的饮食文化意象:西域的葡萄酒与岭南的荔枝》认为,葡萄酒和荔枝带有鲜明的地域特色,这是文学意象的渐次形成与固化过程,与地域的文化认同有关。[1] 还有研究对地域意象进行跨文化的比较,如马熙分析《省试赋得珠还合浦》与《浦岛子传》对合浦典故的运用,阐释了日人汉文化受容的微观过程。[2]

受上述已有研究的启发,本研究认为:在古代诗歌中,特定的地理空间区域能够被创造成为地域意象,并在文学发展的过程当中,逐渐上升为各种文化符号,解读、探索其中的文化内涵是研究地名文化的途径之一。北方边塞意象、江南意象、巴蜀意象等都已经被广为挖掘研究,而岭南意象中的北部湾意象,其实并不仅有悲哀、恐惧感特征,还有着廉洁文化、英雄情怀等特征。而且,古诗中北部湾的地域意象大都和其他意象产生组合,而诗意的生成增殖和艺术魅力的获得,取决于意象的最佳组合。

三、北部湾及北部湾文学研究

北部湾是本研究的重要概念之一,因此需要阐述清楚北部湾的概念,以及由此生成的北部湾文学。

(一)北部湾

北部湾位于南海西北部,是中越两国陆地和中国海南岛环抱的一个半封闭海湾,是在中国广西壮族自治区南部、广东雷州半岛西部、海南岛西岸和越南北部之间的一个三面陆地环绕的海湾。北部湾在汉代称"涨

---

[1] 刘俞廷,王永波.古典诗文中的饮食文化意象:西域的葡萄酒与岭南的荔枝[J].中华文化论坛,2018(12):78-84.
[2] 马熙.试论平安初期日本对汉典的模仿与转化:以《省试赋得珠还合浦》与《浦岛子传》所用"合浦"典故为例[J].广州文博,2020(00):119;136.

海",宋代称"交洋",19 世纪 80 年代以后称"东京湾"(Tonkin Gulf),自 1955 年起称北部湾(越称"Vanh Bac Bo",与中文名称语意相同)。[1] 换言之,中国古诗并非使用北部湾指现今北部湾一带,而是用了交州、交趾,或岭外、岭表。岭外、岭表即我们今天常用的岭南。岭南亦谓岭外、岭表,指五岭以南地区,故名。包括今中国广东、广西、海南三省区及越南北部地区。[2]

交州:东汉建安八年(203)改交州刺史部置,治所在广信县(今广西梧州市)。建安十五年(210)移治番禺县(今广东广州市)。辖境相当今广东、广西的大部,越南承天以北诸省。三国吴黄武五年(226)分为交、广二州,交州治龙编县(今越南北宁省仙游东)。辖境相当今广西钦州地区、广东雷州半岛,越南北部、中部地区。隋废。唐武德五年(622)复置,治所在交趾县(今越南河内市西北)。唐宝历元年(825)移治宋平县(今河内市)。后废。[3]

交趾:原为古地区名,泛指五岭以南。汉武帝时为所置十三刺史部之一,辖境相当今广东、广西大部和越南的北部、中部。东汉末改为交州。越南于 10 世纪 30 年代独立建国后,宋亦称其国为交趾。南宋以后,虽改称为安南和越南,因其国本为古交趾地,故也别称为交趾。《礼记·王制》:"南方曰蛮,雕题、交趾。"《汉书·武帝纪》:"遂定越地,以为南海、苍梧、郁林、合浦、交阯、九真、日南、珠崖、儋耳郡。"宋赵汝适《诸蕃志·交趾国》:"交趾,古交州,东南薄海,接占城,西通白衣蛮,北抵钦州,历代置守不绝。"[4]

安南:唐调露元年(679)改交州都督府为安南都护府,简称"安南

---

[1] 周健.中越北部湾划界的国际法实践[J].边界与海洋研究,2019(05):6-37.
[2] 史为乐.中国历史地名大辞典(增订本):下册[Z].北京:中国社会科学出版社,2017:1640.
[3] 史为乐.中国历史地名大辞典(增订本):上册[Z].北京:中国社会科学出版社,2017:1128.
[4] 罗竹风.汉语大词典:第二卷[Z].上海:汉语大词典出版社,1988:337.

府"或"安南"。"安南"之名始此。五代晋时独立,建国号为大瞿越,后又作大越。北宋开宝三年(970)封其王为安南郡王;八年又封为安南都护、交趾郡王;南宋淳熙元年(1174)改封安南国王,此后遂称其国为安南。明永乐五年(1407)成为明朝一省,于其地置交趾布政司,宣德二年(1427)独立,仍称安南。清嘉庆八年(1803)改国号为越南,但直到中华人民共和国成立前,我国民间仍沿称其地为安南。[1]

可以这么说,岭南与交州、交趾在历史上互为所属,交州、交趾两地名称在历史上交互使用,安南与交趾、交州在某些历史时期相互等同,本来就难以截然分清。当它们在诗歌中作为一种符号或象征时,也就无需分得太清楚。本研究主要以中国古典诗歌为研究对象,北部湾是现代的称呼,古代的疆域划分、名称等在不同时代发生了很大的变化,其实在历朝历代中原的文人眼里,岭南、交趾、南海、涨海……都是蛮荒之地,生活着蛮、俚、獠等,他们的生活环境、生活习性、语言、文化习俗都具有很强的地域性,与中原、江南不大相同。所以,我们分析北部湾意象时不只局限于地理上的北部湾,还要关注诗人,尤其是古代诗人心理上的北部湾。他们心理上的北部湾形象就不是某个具体的地理范围,而是由一系列北部湾地域意象构成的,其具体范围不如地理概念那般容易确定,但是大体的范围依然是以岭南地区和当今越南北部地区为主。

(二)北部湾文学的研究

本研究的北部湾文学指的是以北部湾的文学作品为主的研究。经学者们有意识的努力,与北部湾这块土地相关的文学研究,已经颇具一定的规模,研究视角也比较多元。如北部湾的文学形象重塑,北部湾文学的区域特色和生态书写、生态意识透视,北部湾文学的海洋书写的主要体现,本地大儒冯敏昌的北部湾诗歌创作研究,宋代游宦诗人对北部湾沿海文化之促进及影响研究,等等。其中,宋坚的"北部湾海洋区域文

---

[1] 史为乐.中国历史地名大辞典(增订本):上册[Z].北京:中国社会科学出版社,2017:1193.

学研究系列论文",对北部湾的区域文学做了较为系统的梳理和挖掘。[1] 黎爱群从生态隐喻视角分析北部湾流寓诗的自然生态、心灵生态、以及文学生态,认为这些流寓诗记录了古代北部湾从落后走向文明,从不被流寓者接受到被接受、欣赏的情感历程,继承了流寓诗史中的贾谊超然模式。[2] 尹国蔚认为,适宜的自然地理环境、北宋适宜的社会状况和个人因素使广西"天涯海角"得以诞生,这一带江山湖海的独特景致激发历代戍守边疆的官吏创作出大量的关于广西"天涯海角"的作品。作品内容以"思乡念君"为主,反映了作者们的出身和地域分布上的差别。而近代忧国忧民风格的转变,显然与当时的社会环境有密切关系。[3] 珍珠诗词研究论证了合浦珍珠在古典诗词中喻物言志、抒怀寄情的作用,其思想性、艺术性均为后世所不能望项。[4]《论中国古代诗歌中广西北部湾地域意象的偏离现象》以认知诗学的"偏离"理论为视角分析中国古代诗歌中北部湾特有的地域意象,如"合浦杉叶""合浦珠还""伏波""铜柱""薏苡"等。阐释了这些地域意象的偏离现象以及偏离后产生的丰厚内蕴,即生命意识、历史意识、爱国情结和宇宙意识等。[5] 还有对某个诗人的诗歌作品研究,如北宋陶弼滨海诗歌创作的研究[6],晚清冯敏昌诗文中的钦廉印记研究[7],从壮、汉双重文化思维

---

[1] 参见:宋坚.重塑北部湾海洋文学新形象:北部湾海洋区域文学系列研究论文之一[J].钦州学院学报,2014,29(10):6-9;宋坚.宋代游宦诗人对广西北部湾沿海文化之促进及影响研究:以陶弼、苏轼等人为例:北部湾海洋区域文学研究系列论文之九[J].汉江师范学院学报,2019,39(04):23-29.

[2] 黎爱群.生态隐喻下唐宋北部湾流寓诗研究[J].广西社会科学,2015(12):183-187.

[3] 尹国蔚.广西"天涯海角"文学概说[J].文苑艺坛,2007(01):36-40.

[4] 范翔宇.珍珠诗词风雅流韵:北海历史文化话题之四十四(上)[N].北海日报,2010-11-7(3).

[5] 林澜.论中国古代诗歌中广西北部湾地域意象的偏离现象[J].认知诗学第6辑,2019(12):72-81.

[6] 宋坚.北宋陶弼滨海诗歌创作研究[J].广西民族大学学报(哲学社会科学版),2012(07):161-165.

[7] 陆衡.冯敏昌诗文中的钦廉印记[J].钦州学院学报,2013(09):1-5.

的视角研究冯敏昌创作[1]、冯敏昌反腐倡廉诗文的研究[2]、冯敏昌与中国文化认知体系下个体叙事模式的构建研究[3]，跟随刘永福抗法守台的壮族诗人黄焕中诗歌中政治倾向和爱国思想的研究[4]，等等。由是可知，广西北部湾地区的古代诗歌研究视角已经比较丰富，或是从生态隐喻视野，或是从地理位置，或是从滨海特点，或是从地方特色，或是从政治视野，或是从认知诗学视角……各项研究提出的观点也各有精彩之处。

概而言之，北部湾地区的古代诗歌研究已经形成较强的地方意识、地方特色，但是依然需要以较有效的途径将与本地区相关的文学、文化现象凝练而成地域意象，以达到形成地域文化的高度。

基于此，本研究以中国古代诗歌中涉及北部湾地区的地域意象为研究对象，首先厘清中国古代诗歌中的北部湾地域意象及其分类，并梳理北部湾地域意象发展的脉络，探索北部湾地域意象在诗歌创作中的生成过程，将历史地理学与中国古代文学进行互济，通过揭示文学与地理环境之间的关系，加深一般文学研究者，或者历史、文化研究者限于学科壁垒而难以达到的通透解读，深化地方文化的底蕴。本研究提出对古诗中北部湾地域意象的生成进行研究，是对意象的起源及其承继性进行研究的一种尝试。

本书的结构安排如下：

第一章是绪论，爬梳整理意象和诗歌意象、地域意象、北部湾地域意象及北部湾文学的相关研究。

---

[1] 彭静.壮、汉双重文化思维下的冯敏昌创作[J].民族文学研究,2006(03):48-53.
[2] 陆善采.论壮族先贤冯敏昌反腐倡廉的诗文[J].钦州师范高等专科学校学报,2003(02):69-73.
[3] 林澜.冯敏昌与中国文化认知体系下个体叙事模式的构建[J].中华优秀传统文化研究,2019,(00):169-177.
[4] 寒冬.壮族诗人黄焕中的政治倾向和爱国思想[J].广西大学学报(哲学社会科学版),1992(04):98-101.

第二章，古诗中的北部湾地域意象。厘清中国古代诗歌中较具代表性的北部湾地域意象，分为：地名生成意象，人名、封号生成意象，动、植物生成意象，自然现象生成意象，事典生成意象。分析古诗中合浦、廉州、合浦珠还、铜柱、瘴疠、飓母、伏波、桄榔、荔枝、龙眼、薏苡之谤等意象，以及它们所具有的廉洁文化内涵、英雄情怀、情感表达等特征。

第三章，北部湾地域意象的组合及生成的内涵。探索地域意象在诗歌创作中通过与其他意象的组合使用而形成、固化的过程，提出在诗歌中北部湾地域意象与其他意象的组合方式主要有三种，并解读组合生成的内涵。

第四章，本土及域外诗人作品中的意象探略。北部湾地域意象出现在本土诗人的诗歌中，也出现在域外诗歌作品中，主要是越南诗人、日本诗人的作品。说明在诗人的自觉传承发扬下，北部湾地域意象在中华文化话语体系中的影响渗透到异域。

第五章，北部湾地域意象群。地域意象可以构建成意象群，认清典型的北部湾地域意象群如"伏波铜柱意象群""合浦珠意象群"和"交州合浦天涯意象群"等有助于更好地诠释诗歌的内涵。

第六章，北部湾地域意象的文化根源探寻。在北部湾地区形成的地域意象具有其文化根源，首先由地域文化培育，然后经由流寓文化得到发展提升。这也是当时的本地文化与外来文化的交流。

第七章是结语。本章全面概括本书的主要观点，并对地域意象研究的前景予以展望。

第二章　古诗中的北部湾地域意象

古代北部湾开发较晚，一般对古代诗歌中南方、岭南的意象解读都是"南方卑湿""南方多虫毒""南方多瘴"及"南方佳山水"等[1]，又有的将广西六大意象群分为炎荒意象群、瘴疠意象群、山水意象群、蛮夷意象群、贬地意象群和边防意象群[2]。然而，在中国古代诗歌中，北部湾的地域意象固然有炎荒多瘴之可怕含义，其实也另有其他含意，如：表达流寓偏远之地而思归、渴望再获重用的"合浦杉叶"意象；比喻人去而复还或物失而复得，对其人其物含有称美之义，也用以称颂地方官（或领导者）政绩卓著的"合浦珠还"意象；以及表现英雄含义的"伏波"意象，表现守边、抗敌等意义的"铜柱"意象，和英雄受屈的"薏苡"意象。此外，因为是流寓之地，部分濒海，所以还有些神怪的意象，如鲛人、飓母等，也有中原地区不常见的动物意象，如鲎、蚝、象、犀等，更有可怕的瘴、蜃、蜑雨等自然现象生成的意象。作为弥补，古诗中荔枝、龙眼等意象营造了一个不失文化厚重感的北部湾形象。

元末明初苏伯衡《送王希赐编修使交趾》把北部湾一带较具代表性的几种意象，即堕鸢、桄榔、荔子（荔枝）、蜑户、瘴海、铜柱、蜃楼，都包含在内，简明但精准地让读者抓住北部湾的概要：

> 堕鸢从跕跕，驯鹿自呦呦。
> 绿认桄榔浦，红看荔子洲。
> 马人偏好客，蜑户总能舟。

---

[1] 赵仁龙.唐代宦游文士之南方生态意象研究[D].天津：南开大学，2012.
[2] 张超.此心安处是吾乡：唐宋时期中原流寓文人作品的广西意象[D].南宁：广西大学，2012.

>　　日上扶桑表,天垂瘴海头。
>　　昔闻铜作柱,今见蜃为楼。[1]

再以一首清末至民国赵清源的《上金石珊明府》其一为例,我们会感受到古诗中的北部湾的地域意象如何具有鲜明特点:

>　　序:金石珊,名秉燧,江苏淮阴人。1931—1934年间任河间县知县。工书擅诗,重教兴农,倡修水利,民多怀之。

>　　秋风未起忆莼鲈,准拟扁舟已入吴。
>　　纵使马援诬薏苡,更期冯异奋桑榆。
>　　荆山空抱连城璧,岭海难还合浦珠。
>　　我与嗣宗曾把臂,倡狂能勿悯穷途。

本诗的四个典故中有两个发生在北部湾地区,即马援薏苡、合浦还珠,这两个都是汉朝的典故,此处被用来赞美民国时期河间县知县金石珊。作者通过使用"马援""合浦珠"的意象和"冯异""连城璧"的典故,把金石珊比作历史上马援、冯异那样的英雄,孟尝那样的廉吏。仅此一诗,可见北部湾地域意象已经产生了超越古今、跨越南北的影响。那么中国古诗中的北部湾地域意象如何?它们是如何带着强烈的地域特征与中原文化融为一体的?凡此种种,很值得我们进行梳理和探讨。

文学意象历来有不同的分类标准,杨义以"物象来源"以及它赋予意象的外观作为标准分为:自然意象、社会意象、民俗意象、文化意象、神

---

[1] 本书所引诗句除了标注的之外,皆出自"搜韵-诗词门户网站网" https://sou-yun.com/ (2022-07-30).

话意象。[1] 郑明娳将意象依照意象本体的类型分为:感官式意象、心理式意象;依照修辞的角度分为字样式意象、转义式意象;依照意象的结构分为单一意象、复合意象、意象群、意象体系。[2] 叶嘉莹认为各种事物之形象大致分为物象、事象、喻象,物象取象于自然界,事象取象于人世间,喻象取象于假想之中。[3] 本研究根据北部湾地域意象生成的特点,分为:地名生成意象、人名、封号生成意象、动、植物生成意象、自然现象生成意象、事典生成意象。

一、地名生成意象

地名生成意象,顾名思义就是一个地方的名字因为历史名人或历史事件而被赋予了某种文化内涵,附加上某种文化符号,升华为文化意象。在北部湾,这种类型的意象有:合浦,廉州,交州或交趾,浪泊。

(一)合浦

据载,"秦始皇三十三年(前214年),秦军统一岭南,置南海、桂林、象郡。合浦属象郡辖地。西汉元鼎六年(前111年),汉武帝平南越,划出南海、象郡交界处设置合浦郡,郡治徐闻(今广东省海康县地域),同时设合浦县。三国吴黄武七年(228年)合浦郡改称珠官郡,不久复称合浦郡。隋炀帝大业元年(605年)设置禄州,又并入合州。唐贞观八年(634年)合浦称廉州。元至元十七年(1280年)改设廉州路。明朝洪武元年(1368年)至清设廉州府,隶属广东省"[4]。

北周庾信的"交河望合浦,玄菟想朱鸢"把合浦置于边疆名县或名

---

[1] 杨义.中国叙事学:第一卷[M].北京:人民出版社,1997:290.
[2] 转引自:陈宣谕.李白诗歌海意象[M].台北:万卷楼图书股份有限公司,2011:35.
[3] 叶嘉莹.迦陵论诗丛稿:上册[M].台北:桂冠图书公司,2000:32-33.
[4] 合浦县志编纂委员会.合浦县志[M].南宁:广西人民出版社,1994:46-47.

郡之列。众所周知,交河在西北,今吐鲁番盆地西部。[1] 合浦在南海之滨。玄菟在东北,汉武帝初设玄菟郡时在朝鲜,后迁辽宁,再迁抚顺,再到沈阳附近。[2] 朱鸢在西南,本隋交趾郡旧县,唐时为安南都护府直辖地区之一。[3] 庾信使用这四个郡县作为边远的意象,表达对朋友的不舍和思念之情。

(二) 廉州

据《大明一统志》"廉州府建置沿革"记载:

古南粤地。天文翼轸分野。秦为象郡地。汉武平南粤,置合浦郡。三国吴改珠官郡,未几,复为合浦郡。刘宋于郡置越州。隋初,郡废州存。大业初,改曰禄州,寻改为合州。又废州为合浦郡。治合浦县。唐初,罢郡,复置越州。贞观中,改为廉州。因郡有大廉洞,故名。天宝初,复为合浦郡。乾元初,又复为廉州。宋徙州,治长沙,改置太平军。咸平初,复为廉州。元置廉州路。明洪武初,改为廉州府。又改为廉州,属雷州府。十四年,复为府。领州一,县二。

合浦与廉州之名反复使用。廉州比较突出的是廉治之含义。元末明初宋讷《分题得合浦还珠送泽州李彦和知州朝觐三十韵》中有:

孟尝临合浦,感应郡还珠。
至宝骊龙吐,奇珍老蚌剖。
卖绡归水底,解佩失江隅。
瑞彻廉州岛,光连亹社湖。
……

---

[1] 方明江.交河故城:千年泥城的前世今生[J].新疆人文地理,2015(02):20-25.
[2] 赵红梅.玄菟郡建置沿革及其特点述论[J].黑龙江社会科学,2013(06):139-140.
[3] 郭声波.置在中南半岛的唐朝行政区:安南都护府及其正州县建置沿革考述[J].海洋史研究,2013,4(00):45-89.

诗人不仅使用孟尝合浦还珠、鲛人织绡、汉浦解佩等意象，还使用虌社湖之典，让南国合浦与江南水乡的故事一起呈现祥瑞的气象。

清姚燮《还珠篇并序》道："仪征厉茶心太守丈同勋守廉州时，道光丙申之秋，州之合浦产珠遍海，父老谓为太守清白所致。众榜其堂曰'还珠再见'，张叔渊解元深作图纪之。太守出示，为题此篇。"说明廉州的廉吏除了孟尝，还有他人。诗中有"真州太守守廉州，守廉惟廉馀何求？""三年不闻薏苡谤"等句，把真州太守在廉州的清廉事迹借用"合浦还珠"和"薏苡之谤"的典故继续传扬。

（三）交州、交趾

交州：东汉建安八年（203）改交州刺史部置，治所在广信县（今广西梧州市）。建安十五年（210）移治番禺县（今广东广州市）。辖境相当今广东、广西的大部，越南承天以北诸省。三国吴黄武五年（226）分为交、广二州，交州治龙编县（今越南北宁省仙游东）。辖境相当今广西钦州地区、广东雷州半岛，越南北部、中部地区。隋废。唐武德五年（622）复置，治所在交趾县（今越南河内市西北）。宝历元年（825）移治宋平县（今河内市）。后废。[1]

交趾：原为古地区名，泛指五岭以南。汉武帝时为所置十三刺史部之一，辖境相当今广东、广西大部和越南的北部、中部。东汉末改为交州。越南于10世纪30年代独立建国后，宋亦称其国为交趾。南宋以后，虽改称为安南和越南，因其国本为古交趾地，故也别称为交趾。《礼记·王制》："南方曰蛮，雕题、交趾。"《汉书·武帝纪》："遂定越地，以为南海、苍梧、郁林、合浦、交阯、九真、日南、珠崖、儋耳郡。"宋赵汝适《诸蕃志·交趾国》："交趾，古交州，东南薄海，接占城，西通白衣蛮，北抵钦

---

[1] 史为乐.中国历史地名大辞典（增补本）：上册[M].北京：中国社会科学出版社，2017：1128.

州,历代置守不绝。"[1]

安南:唐调露元年(679)改交州都督府为安南都护府,简称"安南府"或"安南"。"安南"之名始此。五代晋时独立,建国号为大瞿越,后又作大越。北宋开宝三年(970)封其王为安南郡王;八年又封为安南都护、交趾郡王;南宋淳熙元年(1174)改封安南国王,此后遂称其国为安南。明永乐五年(1407)成为明朝一省,于其地置交趾布政司,宣德二年(1427)独立,仍称安南。清嘉庆八年(1803)改国号为越南,但直到中华人民共和国成立前,我国民间仍沿称其地为安南。[2]

安南与交趾、交州在某些历史时期相互等同。交州、交趾两地名称在历史上交互使用,当它们在诗歌中作为一种符号或象征时,也就无需分得太清楚。

初唐沈佺期曾被流放驩州(在今越南境内),他笔下的交趾或交州是极其可怕的地方,他在《赦到不得归题江上石》道:

> 忽闻铜柱使,走马报金鸡。
> 弃市沾皇渥,投荒漏紫泥。
> 魂疲山鹤路,心醉跕鸢溪。
> ……
> 疟瘴因兹苦,穷愁益复迷。
> 火云蒸毒雾,阳雨濯阴霓。
> 周乘安交趾,王恭辑画题。

初唐杜审言也曾被流放至今属越南的峰州,他的《旅寓安南》对交

---

[1] 罗竹风. 汉语大词典:第二卷[Z]. 上海:汉语大词典出版社,1988:337.
[2] 史为乐. 中国历史地名大辞典(增补本):上册[M]. 北京:中国社会科学出版社,2017:1193.

趾也没什么好的感受,尽管"交趾殊风候,寒迟暖复催。仲冬山果熟,正月野花开",紧接着就说"积雨生昏雾,轻霜下震雷。故乡逾万里,客思倍从来"。

之后的裴夷直《崇山郡》交代了交州的地理位置及其可怕之处:"地尽炎荒瘴海头,圣朝今又放骥兜。交州已在南天外,更过交州四五州。"这里自舜帝起就是流放之地。裴夷直曾被贬为骥州司户参军。在这些流寓文人眼里,交州和交州之南的地方遥不可及、蛮荒不化,无法久居。

元陈孚《过牂牁江》"青草风吹毒雾腥,交州何在海溟溟。牂牁已恨天涯远,又过牂牁二十程",《江州·其二》"瘴烟蛮雨交州客,三处相思一梦魂",《入安南以官事未了绝不作诗清明日感事因集句成十绝奉呈贡父尚书并示世子及诸大夫篇篇见寒食·其三》"关山迢递古交州,物换星移几度秋",还是感叹交州的遥远和恶劣的环境。

唐施肩吾的《自述》"箧贮灵砂日日看,欲成仙法脱身难。不知谁向交州去,为谢罗浮葛长官",增加了一点令人向往的问道成仙色彩,交州似乎没有那么可怕了。唐李郢《送人之岭南》"关山迢遭古交州,岁晏怜君走马游。谢氏海边逢素女,越王潭上见青牛",使用"白水素女"和"青牛城"的故事总算令交州增加了一丝亮色。

中唐曹松的《南游》"直到南箕下,方谙涨海头。君恩过铜柱,戎节限交州"、五代贯休的《送谏官南迁》"瘴杂交州雨,犀揩马援碑。不知千万里,谁复识辛毗",使用了英雄马援、辛毗的典故,添加了豪迈之气。北宋黄庭坚的《呻吟斋睡起五首呈世弼·其五》以战事令交州有了振奋人心的功能:"河水传烽火,交州报捷书。"这一联诗句,给人的感觉是交州和黄河一样重要。明末清初毛奇龄《西海曲·其一》"未有唐蒙开僰道,从教马援在交州",唐蒙、马援都是为平定、开发西南和南方地区做出过贡献的将领。

南宋王十朋《县学落成百韵》是为绍兴五年(1135)落成的温州乐清县学所写。其中,"磬碎交州石,弓焚夔相弦"这一对仗使得交州石身价百倍。矍相是古地名,在山东省曲阜市城内阙里西。后借指学宫中习射的场所。《礼记·射义》:"孔子射于矍相之圃,盖观者如堵墙。"郑玄注:"矍相,地名。"不过,北宋黄庭坚在《和谢公定征南谣》说过:"交州鸡肋安足贪,汉开九郡劳臣监。"

虽然交州是块蛮荒之地,但是自汉以来,英雄辈出,所以诗人笔下从不缺乏对历史英雄的怀念。如明尹台《送苍梧令》"象郡久艰秦筐贡,交州犹动汉旌旗",明末清初屈大均《粤台怀古》"交州元险阻,越尉亦英雄",《廉州杂诗·其四》"伏波瞻汉庙,弃地恨交州",清彭孙遹《送周星公使安南·其一》"交州风土古来传,万里炎荒近濮沿。自有越人输白雉,无劳汉使置朱鸢"。

清梁佩兰是广东人,算是本土人,而且彼时已到清朝,他笔端的交州已然发生了变化。如《送李生入都》:

> 日南古交州,海外素奇甸。
> 晶莹琉璃宫,翕艳珊瑚殿。
> 土风载名物,所产无不遍。
> 大珠明月含,紫贝锦霞烂。
> 砗磲象车轮,蝴蝶似团扇。
> 巨鳌可为簪,翡翠行作钿。
> 饮惟荔支浆,食以桄榔面。

交州不再是笼罩着愁云惨雾之地,而是处处皆宝。再如《送汪舟次检讨出使琉球》"往时白雉来交州,荷兰亦进小肉牛。朝廷赏宴有殊礼,远人拜舞欢怀柔",调子欢快了许多。

(四)浪泊

今越南河内市西北。《后汉书·马援传》:建武十八年(42),援由海道讨征侧,"军至浪泊上,与贼战,破之。……(十九年,马援)谓官属曰:……当吾在浪泊、西里间,虏未灭之时,下潦上雾,毒气重蒸,仰视飞鸢跕跕堕水中"。浪泊因此与马援故事紧密相关。

南宋许及之《酬木伯初仍简才叔常之》"熏蒸浪泊看鸢堕,不念垂垂老伏波",南宋刘克庄《林贵州哀诗二首·其二》"颍川凤下来何晚,浪泊鸢飞去不还",宋末元初陈普《咏史·其二·光武》"浪泊壶头终落落",元傅若金《登岳阳楼》"迢迢浪泊鸢",元末明初高启《读史·其十五·马援》"浪泊归时忆少游,炎蒸终复困壶头。汉庭岂少英年将,衰老南征苦自求。"明欧大任《题陈荔浦高隐图》"非因浪泊看飞鸢",《同家兄公毅泊舟青萝山下忆故从兄元龙四首·其一》"不须浪泊他年路,已忆平生马少游",明末清初欧必元《乌蛮滩谒马伏波公祠用王都督壁上韵》"愁看浪泊飞鸢地,不见楼船下越时",清张九徵《安南即事》"象饮蛮江靖,鸢飞浪泊低",清初查慎行《长沙舟次闻德尹入黔之信二首·其二》"跕鸢浪泊来何为,归去吾方羡少游",清余应松《伏波庙联》"铜柱镇鸢飞,顾盼生风,意气真能吞浪泊;金门留马式,男儿报国,姓名何必与云台",清孙起楠《送濮荆南经历之粤西》"论功绝峤看铜柱,浪泊威名振岭泷",清江之纪《南海神庙伏波铜鼓歌》"挝时曾堕浪泊鸢,擂罢还和武溪笛",清吴存义《马伏波祠》"跕跕飞鸢浪泊流,据鞍老去向壶头",晚清丘逢甲《杂诗四首答郑生·其四》"马援困浪泊,乃悔为汉将。西瞻浪泊感飞鸢",清末民初易顺鼎《续寓台咏怀·其二》"浪泊炎风跕跕鸢,书生翻作马文渊"……这些诗词中的"浪泊"都是跟"马援""飞鸢""壶头""铜柱"等意象连用,讲述马援在交州或西南平乱的故事。

南宋刘克庄《伏波岩》"铜柱戍浪泊,楼船下湟水"用"铜柱""浪泊""楼船""湟水"等意象讲述马援和路博德的英雄事迹,南宋陈杰《罗寿可再如旧都作归来窗以为亲悦劝之归者皆是予特下转语焉》"玉门关冷风低草,浪泊水西看飞鸟"把玉门与浪泊作为中华一北一南的两大关隘,清末民初王松《送蔡伯毅先生挈眷渡华》"北望中原悲逐鹿,西瞻浪泊感飞鸢",以"中原逐鹿"与"浪泊飞鸢"典故抒发了日据期间台湾诗人的家国情怀。

(五)涨海

涨海指今南海东部,为自大食至中国航行所经七海之最后一海。谢承《后汉书》曰:"交阯七郡贡献,皆从涨海出入。"[1]很多古典诗歌出现涨海这一名称时都跟安南、瘴以及曾平定交趾的马援有关。如中唐权德舆《送安南裴都护》:

> 忽佩交州印,初辞列宿文。
> 莫言方任远,且贵主忧分。
> 迥转朱鸢路,连飞翠羽群。
> 戈船航涨海,旌旆卷炎云。
> 绝徼褰帷识,名香夹毂焚。
> 怀来通北户,长养洽南薰。
> 暂叹同心阻,行看异绩闻。
> 归时无所欲,薏苡或烦君。

唐张祜《送徐彦夫南迁》:

> 万里客南迁,孤城涨海边。
> 瘴云秋不断,阴火夜长然。

---

[1] 汪文台.七家后汉书[M].台北:台湾文海出版社,1972:255.

唐曹唐《南游》：

> 涨海潮生阴火灭，苍梧风暖瘴云开。

中唐曹松《南游》：

> 直到（一作道）南箕下，方谙涨海头。
> 君恩过铜柱，戎节限交州。
> 犀占花阴卧，波冲瘴色流。
> 远夷非（一作君）不乐，自是北人愁。

北宋欧阳修《答圣俞白鹦鹉杂言》：

> 岂知火维地荒绝，涨海连天沸天热。……
> 况尔来从炎瘴地，岂识中州霜雪寒。

北宋吴充《众乐亭》：

> 涨海连空四无岸，天吴却坐鲛人观。

北宋张耒《送丁宣德赴邕州金判》：

> 天连涨海鹏飞近，风卷孤城飓母生。
> 勿为跕鸢思款段，古来男子重功名。

南宋薛季宣《跋东坡诗案》：

> 南方有佳木，远在涨海涯。

元张翥《歙汪希仲罕代自雄新二州还都话其风土为赋》：

> 越鸟巢南涨海东，地兼夷夏气惟雄。
> 洞深屋垒层崖上，泷险船行乱石中。
> 春树湿云生桂蠹，瘴茅经雨落沙虫。
> 宦游最数蛮荒恶，羡子归来面更红。

元末明初张以宁《梧州即景》：

> 苍梧南去近天涯，六士三陈昔此家。
> 水合牂江通涨海，山来桂岭接长沙。

由上述例子可知，与"涨海"常常关联的有"交州""朱鸢""铜柱""薏苡""炎""瘴""远""天涯"等。

二、人名、封号生成意象

（一）马援

马援是汉光武帝的名将，一生战功赫赫，西破陇羌，南征交趾，北击乌桓，后在讨伐五溪蛮时染病去世。写马援的诗词数不胜数，仅以"马援"为题的诗歌，就已经有几十首。如隋王申礼《赋得马援诗》："二帝已驰声，五溪还总兵。受诏金鞍动，论功铜马成。唯称聚米势，无惭薏苡情。虽谢云台影，犹传千载名。"唐杜牧《送容州唐中丞赴镇》"莫教铜柱北，空说马将军"，南宋刘克庄《杂咏一百首·其五十九·马援》"土室不堪处，其如瘴毒何。莫年款段马，有愧少游多"，元末明初高启《读史·其十五·马援》"浪泊归时忆少游，炎蒸终复困壶头。汉庭岂少英年将，衰老南征苦自求"，明郑学醇《后汉书十五首·其二·马援》"遥天趾趾堕飞鸢，铜柱高标瘴海边。惟恨壮心摧马革，勋名千载几人全"，清末民初殷葆诚《马援》"生前铜柱标，死后明珠谤。如何老伏波，不画云台上",晚清林朝崧《马援·其二》"自拔西州返汉庭,据鞍何敢惜馀龄。竟逢长者家儿怒,身后珍珠谤不停",等等。由马援故事生成的典故意象很多,如上述诗词中的"聚米""薏苡""浪泊""飞鸢""铜柱""马革裹尸"等。

唐李群玉《登蒲涧寺后二岩三首·其三》"赵佗丘垄灭,马援鼓鼙空",明尹台《感事二首·其二》"通蛮久绝唐蒙使,凿岭犹烦马援师",清赵泗《听王孙谈孙驸马舞剑歌》"谁遣廉颇困郭开,翻思马援逢光武",清末陈肇兴《揀中感事·其十二》"南海薏珠悲马援,中原旌旆望廉颇",马援与唐蒙、廉颇都是功勋卓著的将才。而清朝皇帝弘历《锤峰歌》"八柱何当一已足,马援标名笑铜沃"用"八柱"之典喻指马援"为国家扶倾持危胜大任之材"。连曹雪芹也在其名著《红楼梦》中为马援赋诗一首:"铜铸金镛振纪纲,声传海外播戎羌。马援自是功劳大,铁笛无烦说子房。"当然,此诗是薛宝琴的《怀古绝句十首》之一,十首诗内隐十物,本篇是借咏东汉名将马援之事暗喻元春之早逝,[1]但是表面上,有马援胜于张良之意。

(二)伏波、新息

伏波为汉将军名号。西汉路博德、东汉马援都受封为伏波将军。马援还被封为新息侯。明侯加地《伏波叹》是较为详细的一首,共36句,把与马援相关的事情都涉及了。

> 将军谈论泉涌泻,须发眉目真如画。
> 咄咄子阳井底蛙,倾心真主图王霸。
> 廷臣咸议弃金城,将军置吏劝农耕。
> 务开恩信总大体,老子遨游多胜情。
> 自从交趾斩徵侧,玺书特下侯新息。
> 男儿终当死于边,马革裹尸肯生还。

---

[1] 冯其庸.冯其庸评点红楼梦:第三卷[M].青岛:青岛出版社,2021:929.

焉能卧病儿女子,谅为烈士当如此。
全军覆没五溪蛮,将军请行天子止。
据鞍顾盼气何雄,天子为称矍铄翁。
进军壶头跂足望,山高水疾竟无功。
长者家儿实可畏,西域贾僧被不讳。
病里可怜印绶收,没身谁起明珠诽。
事主从戎二十秋,南征北伐死方休。
云台诸将芳名著,反以椒房不得与。
东平惊问画图无,帝但欣欣笑不语。
霍光亦是椒房亲,麟阁谁书第一人。
从来汉家少恩泽,多少功臣遭醢磔。
不见未央韩信头,何如稳葬城西陌。

元曹伯启题《伏波将军庙》也把与马援有关的人和事都涉及了:

佐汉功臣矍铄翁,择君不受子阳封。
椒房偶累云台像,薏苡还伤铜柱功。
幸自生前识朱勃,不妨床下拜梁松。
五溪未服星先陨,文叔端难比沛公。

诗中的"矍铄翁"出自《后汉书·马援传》:"援据鞍顾眄,以示可用。帝笑曰:'矍铄哉,是翁也!'""子阳"即公孙述,马援认为"子阳井底蛙耳",劝隗嚣不要与之合作。"椒房偶累云台像",《汉书·车千秋传》:"江充先治甘泉宫人,转至未央椒房。"颜师古注:"椒房,殿名,皇后所居也。"《后汉书·马援传》载:"永平初,援女立为皇后,显宗图画建武中名臣、列将于云台,以椒房故,独不及援。东平王苍观图,言于帝曰:'何故不画伏波将军像？'帝笑而不言。""薏苡还伤铜柱功"涉及"薏苡之谤"和"马援铜柱"之典。"幸自生前识朱勃,不妨床下拜梁松",朱勃有恩于马援,并敢于为马援受屈而叫冤。梁松是光武皇帝刘秀之婿,舞阳公主之夫,颇为骄贵。他曾探访马援,"独拜床下,援不答",马援因此得罪了他,被他构陷,使光武帝收回原先赐给马援的新息侯印绶。"五溪未服星先陨",五溪汉属武陵郡,马援在讨伐五溪蛮时身染重病,不幸逝世。"文叔端难比沛公",汉光武帝字文叔。作者认为光武帝比不上汉高祖。

元黎崱《图志歌》也是比较完整地讲述了马援的事迹：

……
光武初除新室难,未遑选擢南方使。
麋泠二女逞奸雄,姊名徵侧妹徵贰。
招呼要党据南交,威服百蛮无与比。
侵边寇灭六十城,一立为王一为帅。
堂堂汉将马伏波,苦战三年常切齿。
分军驱逐到玺溪,贼酋授首悉平治。
广开汉界极天南,铜柱高标传汉史。
命官遣将镇其民,德政清新多惠施。
……

由马援衍生的典故多,所以很多情况下,一首诗就可以使用好几个与他相关的意象。下面罗列的几首与马援相关的诗,每一首都会出现伏波、铜柱意象,这似乎已成常态。如初唐陈元光《候夜行师七唱·其一》"马皮远裹伏波骨,铜柱高标交趾惊",唐张谓《杜侍御送贡物戏赠》"铜柱朱崖道路难,伏波横海旧登坛",唐杜甫《江阁对雨有怀行营裴二端公》"雨来铜柱北,应洗伏波军",唐裴夷直《江上见月怀古》"月上江平夜不风,伏波遗迹半成空。今宵倍欲悲陵谷,铜柱分明在水中",北宋刘敞《伏波》"伏波志慷慨,南涉武溪深。铜柱功一跌,壶倾悲至今",北宋刘攽《南征二首·其二》"越裳无信息,铜柱定将倾。服岭东南尉,戈船万里程。江通夜郎道,秋入伏波营",南宋何梦桂《三用韵·其四》"何年铸铜柱,请为问伏波",元黄玠《拟送曹世长之官柳州赌博寨》"伏波故事亦久矣,岂有铜柱犹嶙岣"。

还有些出现伏波、铜柱、马革裹尸、飞鸢、浪泊、云台、泽车款段的典故。如明陈克侯《留别李中丞孟成·其二》:

<blockquote>
千古征南将,谁如马伏波。
斩鲸清浪泊,刑马对山河。
裹革心终壮,怀珠谤自多。
倚天铜柱在,西望涕滂沱。
</blockquote>

清吴存义《马伏波祠》:

<blockquote>
跕跕飞鸢浪泊流,据鞍老去向壶头。
云台不画椒房戚,雾潦偏余薏苡愁。
铜鼓银簪蛮女乐,露花烟草野祠秋。
瘴乡我正乘轺迈,亦觉平生念少游。
</blockquote>

清余应松《伏波庙联》:

<blockquote>
铜柱镇鸢飞,顾盼生风,意气真能吞浪泊;
金门留马式,男儿报国,姓名何必与云台。
</blockquote>

宋末元初方一夔《咏史》：

> 君看伏波翁，心火老不灭。
> 万里战壶头，赤手拥马鬣。
> 前言一朝酬，英气半途折。
> 海南纪铜柱，城西埋石簉。
> ……
> 为问泽车乘，何如水鸢跕。

这首《咏史》和明张佳胤的《乌蛮滩》"铜柱功名倘难就，泽车款段任吾之"，都出现了"泽车款段"之典。

唐尤擅使用典故的李商隐的诗作《自桂林奉使江陵途中感怀寄献尚书》中有"泷通伏波柱，帘对有虞琴"之对仗，"有虞"即有虞氏，中国上古时代的部落名。有虞氏部落居于虞地（今河南商丘市虞城县），部落就以地为氏，称有虞氏。虞舜后来成为有虞氏部落首领，接受尧的禅让，成为华夏部落联盟首领。如此，上句中的"伏波柱"一下就有了历史的厚重感。

南宋王十朋《提舶生日》因提舶姓"马"，诗人联想到马伏波等伟人："遥遥华胄马服君，世有功勋上台阁"，"绛帐心潜南郡风，铜柱家传伏波略"。"绛帐"之典出自《后汉书·马融传》："融才高博洽，为世通儒，教养诸生，常有千数……居宇器服，多存侈饰。常坐高堂，施绛纱帐，前授生徒，后列女乐，弟子以次相传，鲜有入其室者。"后因以"绛帐"为师门、讲席之敬称。马融马援，一文一武，是马家的荣耀。

南宋王迈《送陈君保作哲赴广漕》把"葛仙丹井"和"伏波铜柱"相提并论，"葛仙丹井未湮没，伏波铜柱馀峥嵘"，除了战争的硝烟，也有炼丹的仙气。南宋刘克庄《伏波岩》"缅怀两伏波，往事可追纪。铜柱戍浪泊，楼船下湟水"中提及的两个伏波将军，一为立铜柱的马伏波，一为

"下湟水"的楼船将军路博德。宋李曾伯《和萧石城袖示壬午李漕革夫劝驾诗》"马革伏波惭立柱,羊裘严濑老垂纶","羊裘严濑"指的是严光。《后汉书·严光传》载:严光……少有高名,与刘秀同游学。及秀即帝位,光变姓名,披羊裘钓泽中。帝查访得知,"乃备安车玄𫄸,遣使聘之,三反而后至"。"除为谏议大夫,不屈,乃耕于富春山,后人名其钓处为严陵濑焉"。后以"羊裘钓"为隐居不慕荣禄之典。

南宋方回《孔府判野耘尝宦云南今以馀瘴多病意欲休官因读唐书南诏传为此二诗问其风俗·其二》:"丞相祠诸葛,将军畏伏波。石扶碑故在,铜作柱难磨。"金马钰《南柯子》:"不羡相如志,无心继伏波。"金末元初耶律楚材《除戎堂二首·其二》"远胜长城欺李绩,徒标铜柱笑伏波",李绩为唐朝初年名将,与马援不相上下。清莫瞻菉《粤东诗与陈简亭同赋·其二》:"合浦还珠待孟尝,伏波横海旧开疆。"元傅若金《七月十一日赴安南》"班超万里终投笔,郭隗千金更筑台。圣主恩深极炎海,伏波铜柱任苍苔"使用了班超"投笔从戎"、郭隗"千金筑台"与"伏波铜柱"之典。杜甫《奉寄别马巴州》:"勋业终归马伏波,功曹非复汉萧何",《清明》:"马援征行在眼前,葛强[1]亲近同心事"。唐许浑《朝台送客有怀》:"赵佗西拜已登坛,马援南征土宇宽。"唐陆龟蒙《京口与友生话别》:"功名思马援,歌唱咽羊昙"……诗人们将马援和萧何、葛强、赵佗,甚至擅长感旧兴悲的羊昙写入诗篇,传唱不息。

更多的诗歌作品因触景生情而作,伏波意象就更有了地域的含义。如元末明初刘炳《送人之钦州》"君到钦州四月过,春深铜柱翠如磨。平生一掬英雄泪,寄向东风吊伏波",明吴伯宗《送陆熙原之天河》"枳丛百里淹仇览,铜柱千秋羡伏波。云路同升殊去住,都门分袂奈愁何",明陈

---

[1] 葛强,山简的爱将,并州人。《晋书·山简传》:简镇襄阳时,"优游卒岁,唯酒是耽。诸习氏,荆土豪族,有佳园池。简每出嬉游,多之池上,置酒辄醉。名之曰高阳池。时有童儿歌曰:'山公出何许?往至高阳池。日夕倒载归,酩酊无所知。时时能骑马,倒著白接䍦。举鞭向葛强,何如并州儿?'强家在并州,简爱将也。"

琏《送金宪武大本赴交阯参赞英国公》"藩臣才略唐都护,征虏威名汉伏波。闻道分茅铜柱在,古今勋业共峨峨",明曾棨《送兵部尚书陈公出镇交阯》"萧何经国频供饷,裴度临边暂总戎。已喜夷人归版籍,伏波铜柱谩争雄",明区越《送孙千兵赴安南总制》"伏波铜柱千年在,圣主恩威万里行"。

明饶秉鉴《望铜柱有感二首·其一》"迢递交南去路长,望中铜柱觉微茫。伏波事业今谁继,空倚危亭叹夕阳",《其二》"不见当时马伏波,英雄千古事难磨。只今边境多烽警,控御无人可奈何"。明陈縡《上娄参议二首·其一》"南山共仰周师尹,边土谁轻汉伏波。回首分茅山外过,金鳌铜柱看巍峨",伏波已经与太师尹氏同为万人瞩目。明黄衷《伏波庙》:"楼船不载浮溟恨,铜柱方标殿粤功。"明黄衷《答天游西坞自述用前韵》:"那教西坞长清啸,铜柱如今想伏波。"明王缜《和安南头目阮弘硕韵》:"饱识伏波铜柱路,醉倾苏老绿荷杯。"明王守仁《梦中绝句》"卷甲归来马伏波,早年兵法鬓毛皤。云埋铜柱雷轰折,六字题诗尚不磨",王守仁嘉靖七年(1528)平定了西南部的思恩、田州土瑶叛乱和断藤峡盗贼,最能与马援产生共鸣。明顾璘《汉江独汎·其三》"功无铜柱长为客,浪笑壶头马伏波",《江上送马锦衣按事回·其一》"马君伏波之子孙,西观桐柱迹犹存"。明陈琛《平寇二首为聂分巡赋·其二》:"法司兵法信如何,曾拜当年马伏波。铜柱嵯峨凌石塔,漳江明净出烟萝。"

明夏言《沁园春·其五·送毛东塘经略安南》:"想定远封侯,玉关迢递,伏波为将,铜柱崔嵬。"明何景明《安庄道中》"侧身西望看铜柱,此地曾经马伏波",《寄黔国公》"伏波铜柱冲炎塞,横海楼舡出瘴沙"。

明邓云霄《乌蛮滩谒伏波庙》:

风波满眼滩声恶,世路因君倍感伤。
谤箧珠玑疑薏苡,云台名姓掩椒房。

据鞍人去乾坤老,标柱功垂日月长。

一曲南征还记否？戍楼横笛正吹霜。

明末清初岭南诗人屈大均的诗歌更是少不了要提及伏波将军马援。如《廉州杂诗·其四》"伏波瞻汉庙,弃地恨交州",《廉州杂诗·其九》：

汉代经营地,今馀蔓草长。

军无新息将,女作麇冷王。

烟重鸢频堕,霜高桂自芳。

越州城下水,流尽泪汤汤。

诗中使用了"新息""鸢堕"的意象。

(三) 孟尝

《后汉书·孟尝传》载："尝……迁合浦太守。郡不产谷实,而海出珠宝,与交趾比境,常通商贩,贸籴粮食。先时宰守并多贪秽,诡人采求,不知纪极,珠遂渐徙于交趾郡界。于是行旅不至,人物无资,贫者饿死于道。尝到官,革易前敝,求民病利。曾未逾岁,去珠复还,百姓皆反其业,商货流通,称为神明。"

从此以后,孟尝和合浦还珠典故紧密相连,成为廉吏的典范。王勃名作《滕王阁序》就有"孟尝高洁,空余报国之情",明代程登吉编写的蒙学课本《幼学琼林》也云"孟尝廉洁,克俾合浦还珠"。

北宋郑侠《送杜靖国知连州》"合浦孟尝亦无欲,还珠碧渊清所徵",元丁复《送李光大之海北宪司书吏》"一从孟尝去合浦,珠不更还远无贾",元末明初宋讷《分题得合浦还珠送泽州李彦和知州朝觐三十韵》"孟尝临合浦,感应郡还珠",说的都是孟尝的故事。

唐李瀚编著的《蒙求》收进了"孟尝还珠""刘昆反火"两个典故。后者出自《后汉书》卷七十九上《儒林列传·刘昆传》："刘昆……举孝廉,不行,遂逃,教授于江陵。光武闻之,即除为江陵令。时县连年火灾,昆辄向火叩头,多能降雨止风。徵拜议郎,稍迁侍中、弘农太守。"明郑豫夫《清风馆》"举扇障规尘,还珠见孟尝","举扇障规尘"的典故出自《艺文类聚》卷六引《郭子》(晋郭澄之撰)曰:"庾公名位渐重,足倾王公。时庾亮在石头,王公在城,忽风起扬尘,王公以扇拂之曰:'元规尘污人。'"后以此典借指权贵显宦的熏人气焰;也借指恶浊鄙劣的世俗风气;亦用以指自然界尘土。清莫瞻箓《粤东诗与陈简亭同赋·其二》"合浦还珠待孟尝,伏波横海旧开疆",所用的两个典故都跟当地的人文历史有关。

三、动物生成意象

南海一带有丰富的鲛人传说,鲛人泣泪的故事更是广为流传,飞鸢因为马援南征而出名,鲎、蚝都是北部湾本地的常见海洋生物,至今犹是。而北部湾钦州一带曾有野象活动。广西地方史中内容较全面而时代较早的重要文献——周去非的《岭外代答》中有记载,宋黄震《黄氏日抄》卷六十七亦云:"二广亦有野象,盗酒害稼,目细,畏火。钦州人以机捕之,皮可为甲,或条截为杖,甚坚。"[1]秦于岭南置象郡,粤西之钦州、合浦即属秦象郡地。与象同称奇兽的是犀牛,晚唐刘恂云:"岭表所产犀牛,大约似牛而猪头,脚似象蹄,有三角,首有二角……(角)价计巨万,乃稀世之宝也。"[2]唐人云:"尝闻岛夷俗,犀象满城邑。"(殷尧藩《寄岭南张明甫》)[3]这些动物都在古代诗歌中慢慢形成意象。

(一)鲛人、泉客、泉先、渊客

汉郭宪《洞冥记》卷二:"吠勒国……去长安九千里,在日南,人长七

---

[1] 全国高等院校古籍整理研究工作委员会.古籍整理与研究:第6卷[M].上海:上海古籍出版社,1991:148.
[2] 刘恂.岭表录异:卷下[M]//文渊阁四库全书:第589册.上海:上海古籍出版社,1987:96.
[3] 彭定求,沈三曾,杨中讷,等.全唐诗:卷492[M].北京:中华书局,1960:5566.

尺,被发至踵,乘犀象之车。乘象人海底取宝,宿于鲛人之舍;得泪珠则鲛人所泣之珠也,亦曰泣珠。"晋张华《博物志》这样记载:"南海外有鲛人,水居如鱼,不废织绩,其眼能泣珠。"西晋左思《吴都赋》:"泉室潜织而卷绡,渊客慷慨而泣珠。"李善注引刘逵曰:"俗传鲛人从水中出,曾寄寓人家,积日卖绡。绡者,竹孚俞也。鲛人临去,从主人索器,泣而出珠满盘,以与主人。"因鲛人眼能泣珠,所以也有鲛人泉客泣、鲛人泣、鲛人泣珠、鲛人泪、鲛人珠、鲛人诉泣、鲛人泪点等说法。左思《吴都赋》:"想萍实之复形,访灵夔于鲛人。"希望再遇到楚昭王得萍实那样的美事,向鲛人询问灵夔。东晋干宝的《搜神记》也有如此记载。东晋郭璞《江赋》:"渊客筑室于岩底,鲛人构馆于悬流。"南朝梁任昉《述异记》:"鲛人,即泉先也,又名泉客。……南海有龙绡宫,泉先织纱之处,绡有白之如霜者。"故杜甫《客从》有:"客从南溟来,遗我泉客珠。"《述异记》又载:"南海出鲛绡纱,泉室潜织,一名龙纱,其价百金,以为服,入水不濡。"

南宋周密《珍珠帘》"是鲛人织就,冰绡渍泪",宋末元初刘辰翁《如梦令·其二》"花影为谁重,一握鲛人丝泪",把鲛人织的绡或丝之珍贵、鲛人的楚楚可怜写得非常唯美。李商隐《自桂林奉使江陵途中感怀寄献尚书》中的"江生魂黯黯,泉客泪涔涔",李群玉的《病起别主人》"益愧千金少,情将一饭殊。恨无泉客泪,尽泣感恩珠",吴融《赠李长史歌》"又似鲛人为客罢,迸泪成珠玉盘泻",鲛人的眼泪是中国古代鲛人形象最为明显的特征,诗人多用其来表达惜别之情。

诗人骚客一般还会把鲛人和女仙、女神相提并论。如唐初李峤《太平公主山亭侍宴应制》"龙舟下瞰鲛人室,羽节高临凤女台[1]。"杜甫《雨四首》"神女花钿落,鲛人织杼悲"。唐顾况《送从兄使新罗》"帝女飞衔石,鲛人卖泪绡"。北宋丁谓《珠》"汉女[2]飞升迹,鲛人感泣心"。

---

[1] 凤女台:相传为秦穆公为其女弄玉所筑的楼台,后亦借指公主或美女所居之处。见:赵应铎.中国典故大辞典[Z].上海:汉语大词典出版社,2005:117.
[2] 汉女,据《后汉书·马融传》:"湘灵下,汉女游。"李贤注:"汉女,汉水之神女。"

北宋杨亿《再赋七言》"休啼为近鲛人室,欲笑谁投玉女壶"。南宋朱继芳《送李秋堂赴京口酒人》"鲛人浴出扶桑茧,天女染作红云段"。南宋项安世《富阳道中早行》"青女妆成连夜粉,鲛人啼尽一川珠"。掌管霜雪的女神青女意象和鲛人意象营造出了一个精美的世界。南宋周必大《太守赵山甫(希仁)示和篇次韵为谢》"龙女坠天颓素颊,鲛人出水织缡衣"。南宋朱熹《春雪用韩昌黎韵同彭应之作》"神女羞捐佩,鲛人敢献绡"。明程本立《和贝惟学登小孤山韵》"鲛人夜泣珠成泪,龙女晴梳翠作鬟"。

忧愁这种情感是两性皆有的,所以诗人也会通过使用这个典故突出忧伤之情,也用以抒发缠绵之情。如"鲛人啼尽一川珠""鲛人夜泣珠成泪""鲛人抱珠泣""伤时泪泣鲛人珠"。宋朝宋祁《落花》:"沧海客归珠迸泪,章台人去骨遗香。"宋姜夔《探春慢·过雪溪》:"长恨离多会少,重访问竹西,珠泪盈把。"宋刘辰翁《宝鼎现·丁酉元夕》:"又说向灯前拥髻,暗滴鲛珠坠。"泪即是珠,珠也是泪。北宋杨亿《此夕》:"鲛人泪有千珠迸,楚客愁添万斛多。"楚客或指屈原,或指客居他乡的人。南宋李洪《秋日遣兴二首·其一》:"芡嚼鲛人泪,荷凋楚客衣。"北宋舒亶《含珠林》:"海近鲛人工迸泣,山深木客[1]费愁吟。"

唐刘禹锡《伤秦姝行》"冯夷蹁跹舞渌波,鲛人出听停绡梭",宋末元初俞德邻《春日苦雨二首·其二》"鲛人停杼疑翻海,河伯移宫欲近山",金刘迎《鳆鱼》"贝阙轩腾水伯居,琼瑰喷薄鲛人泣",鲛人与河神冯夷或河伯、水神水伯并列。北宋钱惟演《荷花》则将鲛人提到与大文人宋玉同等的高度:"泪有鲛人见,魂须宋玉招。"

因为鲛人善织,所以也与能工巧匠并为一类。唐康翊仁专门写了《鲛人潜织》:

---

[1] 王十朋注引赵次公曰:"木客,广南有之,多居木中,野人之类也。"参见:王学奇,王静竹. 宋金元明清曲辞通释[M].北京:语文出版社,2002:754.

珠馆冯夷室，灵鲛信所潜。
幽闲云碧牖，混漾水精帘。
机动龙梭跃，丝萦藕淬添。
七襄牛女恨，三日大人嫌。
透手击吴练，凝冰笑越缣。
无因听札札，空想濯纤纤。

唐元稹《和乐天送客游岭南》："贡兼蛟女绢，俗重语儿巾。"唐李商隐《玄微先生》："龙竹裁轻策，鲛丝熨下裳。"北宋胡宿《谢御书飞白扇子歌》："鲛人海底织冰绡，宫工天上裁纨雪。"北宋梅尧臣《依韵和秋夜对月》："虫催织妇机成素，露逼鲛人泪作珠。"宋周密《珍珠帘》："难比。是鲛人织就，冰绡清泪。"宋洪刍《异蚕吐丝成段》："星河牛女支机石，泉室鲛人暗织绡。"鲛人与织女的纺织技术有得一比。南宋王炎《游砚山》："冰蚕吐银丝，鲛人织雾縠。"清黄遵宪《香港感怀十首》"龙女争盘镜，鲛人斗织绡。"

按照张华等的叙述，鲛人泣珠是为报恩，所以有唐李颀《鲛人歌》："泣珠报恩君莫辞，今年相见明年期。"唐王维《送李判官赴江东》："遥知辨璧吏，恩到泣珠人。"南宋张扩《子温用前韵催彦绅赏牡丹未及开樽请再作诗促之》"欲借珠玑一再酬，恐君泣尽鲛人泪"。清钱谦益《丁亥夏为清河公题》："钓竿莫拂珊瑚树，珍重鲛人雨泣时。"

有不少与鲛人意象的组合丰富了人们的想象空间，如北宋李廌《赠钱之道子武昆仲》："鲛人龙颔宝，海客蚌胎玑。"宋释正觉《禅人写真求赞·其八十一》："秋彻鲛人之家，霜摩老兔之窟。"宋朱翌《谢刘宪惠龙眼诗》："侠士从禽携弹去，鲛人探海得珠归。"宋陈棣《骤雨呈质夫兄》："草木号呼山鬼惊，珠玑乱迸鲛人泣。"南梁刘孝威《小临海》："蜃气远生楼，鲛人近潜织。"明陈卿《虹溪春水》："冰绡自织鲛人室，星渚难通汉使槎。"《嘉树斋稿》卷六"醉拈鹦鹉杯前赋，感泣鲛人泪下珠"，《煮药漫抄》"风光细腻鲛人泪,波浪峥嵘蜃市楼",《牧斋有学集》卷七"飓母风欺天四角,鲛人泪尽海东头"。

在有些诗歌中,鲛人意象尤其赋予诗歌强大的想象力和艺术魅力。如北宋李复《登高丘望远海》"却疑蓬莱峰,只是鲛人髻",元末明初诗人胡奎《鸳湖舟中玩月四月十五夜》"城南斗酒真珠红,与月共醉鲛人宫"。

"鲛人"形象文化内涵丰富,除了"珠泪"意象外,还有"鲛绡"意象。"泪"和擦泪的"绡"联系在一起,成了一个具有深厚文化意蕴的话语符号。[1] 古人常以"鲛绡"来指拭泪的手帕,从手帕衍化为"鲛绡",当为一种诗化意象,因此古人还非常喜欢在这"鲛绡"上面题诗寄情。于是"鲛绡"也就从一种绡升华为情书符码了。如宋陆游《钗头凤》"春如旧,人空瘦,泪痕红浥鲛绡透",《红楼梦》的名句"尺幅鲛绡劳解赠,叫人焉得不伤悲!"

(二)飞鸢

《后汉书·马援传》:建武十八年(42),援由海道讨征侧,"军至浪泊上,与贼战,破之。……(十九年,马援)谓官属曰:……当吾在浪泊、西里间,虏未灭之时,下潦上雾,毒气重蒸,仰视飞鸢跕跕堕水中"。与此相关的意象还有"跕跕飞鸢、飞鸢跕跕""飞鸢堕水""飞鸢悔"。元末明初苏伯衡《送王希赐编修使交趾》提及的北部湾一带的典型意象就有"堕鸢":

> 堕鸢从跕跕,驯鹿自呦呦。
> 绿认桄榔浦,红看荔子洲。
> 马人偏好客,蜑户总能舟。

---

[1] 倪浓水.中国古代海洋小说中"人鱼"叙事的历史变迁和文化蕴涵[J].中国海洋大学学报(社会科学版),2008(02):65-68.

日上扶桑表,天垂瘴海头。

昔闻铜作柱,今见蜃为楼。

中唐权德舆《送安南裴都护》:"迴转朱鸢路,连飞翠羽群。"北宋文同《武溪深》:"峤南之武溪,其深不能测……仰视高飞鸢,跕跕堕两翼。"《武溪深》本就是古歌曲名。晋崔豹《古今注·音乐》云:"《武溪深》,乃马援南征之所作也。援门生爰寄生善吹笛,援作歌以和之,名曰《武溪深》。其曲曰:滔滔武溪一何深,鸟飞不度,兽不能临,嗟哉,武溪多毒淫!"可见马援及其故事衍生出来的意象非常多。

元陈孚《马王阁》:"回望交州渺何处,孤鸢跕跕南海黄。"陈孚曾随梁曾使安南。马王阁在河南天中驿城区皇家驿站,始建于北宋熙宁五年(1072),重修于北宋宣和四年(1122),元、明、清代屡经修葺。古时,有"驿站"就有"马王"。"马王"是从驿人员的精神信仰。马王爷即马神,一般俗称"马王爷",又称"水草马明王",也就是管马的神仙,他是道教的神明,全称"灵官马元帅",是中国民间信奉的神仙之一。传说长有三只眼,又称"三眼灵光""三眼灵曜"。[1] 陈孚在距离交州千里之外的中原马王阁,不禁忆起马援在交州的英雄事迹,用了"孤鸢跕跕"这个意象。他的《邕州》"左江南下一千里,中有交州堕鸢水",也是使用"飞鸢堕水"意象进行他的交州之行叙事。

明末清初欧必元《乌蛮滩谒马伏波公祠用王都督壁上韵》:

乌石滩头上溯滩,崖前风雨谒荒祠。

愁看浪泊飞鸢地,不见楼船下越时。

象郡旧开秦日月,马侯曾肃汉官仪。

---

[1] 千年古阁历史记忆-天中马王阁 https://www.sohu.com/a/333359686_828711?scm=1102.xchannel:325;100002.0.6.0&spm=smpc.channel_248.block3_308_NDdFbm_1_fd.1.1685511355031QLkGd8h_324 2019-08-13

舆图尚写交州部，铜柱徒增异域悲（铜柱今在交南，非吾土已）。
烟锁断林吹不散，舟从乱石晚难移。
千秋为想麒麟阁，何似居人伏腊思。

元末明初张以宁《予使日南道吉安府主来访舟中命医者王本达馈以善药时予困于秋暑心目为之豁然感其意走笔为赋长句以赠》："桄榔椰叶蛮溪稠，飞鸢跕跕天南陬。"清帝弘历《戡定安南复封黎维祁为国王功成联句》："九区领郡田耕骆，二女兴戎浪跕鸢。"

（三）鲎

《汉语大词典》对"鲎"的解释是：鲎鱼。亦称中国鲎、东方鲎。节肢动物肢口纲，剑尾目，鲎科。全身分头胸部、腹部和尾部。头胸甲壳宽广，作半月形，俗呼为鲎帆。腹部甲壳呈六角形，尾部呈剑状，腹面有六双附肢。生活在海中。[1] 与科学严谨的陈述相比，中国古代对鲎的叙述真要有趣得多。

给鲎的命名有几个解释。鲎之所以叫鲎，因为"鲎乃候也，善候风。诸水族亦候之而出，故曰鲎"（见《南越笔记》）。"鲎善候风，故其音如候也"（见《广东通志》）。鲎又被称为"鲎媚"，因为"其相负则雌常负雄，虽风涛终不解，故号鲎媚"（见《尔雅翼》）。《广东新语》（卷二十三）、《南越笔记》等说得还挺煽情："持其雄则雌者不去，如持其雌则雄去矣，然失雄亦不能独活，故曰鲎媚。"充分体现了动物往往是古人感知和比附世界的媒介，同时也是抒发一己情怀的载体。《岭表录异》道："鲎……雌常负雄而行，捕者必双得之。若摘去雄者，雌者即自止。背负之，方行。"《雨航杂录》道"牝者背有目，牡者则无，牝去则牡死"，清李元《蠕范·物匹》"牡小无目，得牝始行，大小皆牡负牝走，虽风涛不解，牝去则牡死，谓之鲎媚"，又把鲎的一往情深解释为雄鲎无目，不得不依赖雌鲎。

---

[1] 罗竹风.汉语大词典：第十二卷[Z].上海：汉语大词典出版社，1993：1266.

《广阳杂记》还把雌鲎说得颇为无情:"渔人得雌鲎,则其雄守而不去;得雄鲎,则雌者远逝矣。"此外,五代毛胜称鲎为"长尾先生",当然是因为它的尾巴。

关于鲎的描写,"鲎鱼形如惠文冠",惠文冠是古代武官所戴的冠。相传为战国时赵惠文王所制,故名。[1] 清朝宁波鄞州大学者全祖望的诗作《惠文冠鱼》指的就是鲎。"鲎鱼状如便面"(见《埤雅》"鲎"),便面即扇子。古人还说鲎"似蟹","其头蜣蜋而足蟹"(见《广东新语》)。

对鲎的记载较早的有晋郭义恭的《广志》,谈到鲎的虽仅有残存段落,但已经相当准确:"鲎鱼……眼在背上,口在腹下。其血碧色。皮壳甚坚,然性畏蚊,蚊小螫之辄毙。雌常负雄而行,虽波涛终不解,失雄则不能独活,故号鲎媚。在海中群行,辄相积于背,高尺余,如帆乘风而游……出交阯南海中。"明张如兰《鲎笺》:"形如覆釜,色如绀碧,血如蔚蓝,尾如秃戟,负如浮图,行如屈折。""眼窍于背,足攒于腹,珠缀于肋。""乘风曰帆,联游曰筏,伏雌曰媚。奇形异状,莫详其说。"[2] 还有与鲎相关的用语,如:鲎背部甲壳可以上下撬动,上举时人称鲎帆。其众如簰筏,谓之鲎簰。旧称鲎雌雄相依为命,是为鲎媚。[3] 晋郭璞《山海经注》说:"鲎鱼形如惠文冠,青黑色,十二足,长五六尺,似蟹,雌常负雄,渔子取之,必得其双。子如麻子,南人为酱。"《岭表异录》载:"雄小雌大,水中雄者浮雌者沉。"《尔雅翼》卷三十一:鲎色青黑十二足,足长五六寸,悉在腹下。旧说过海辄相负于背,高尺余,如帆乘风游行。今鲎背上自有骨,高七八寸,如石珊瑚者,俗呼为鲎帆。又其众如簰筏名鲎簰。大率鲎善候风,故其音如候也。其相负则雌常负雄,虽风涛终不解,故号鲎媚。失雄则不能独活,渔者取之,必得其双。故《吴都赋》云:'乘鲎鼋

---

[1] 罗竹风.汉语大词典:第十二卷[Z].上海:汉语大词典出版社,1993:1266.
[2] 博物汇编:禽虫典,第五二八卷[M]//陈梦雷.钦定古今图书集成.上海:中华书局,1934:5a.
[3] 罗竹风.汉语大词典:第十二卷[Z].上海:汉语大词典出版社,1993:1266-1267.

鼍,同罝共罗。'乘言相乘也,亦古语以偶为乘,如乘禽乘雁之属。腹中子无数,如麻子,或云亦罅裂而生,未知其审。今闽浙重鲎子酱,其珠如粟,南人或带或磨饮之云利市。壳可以为冠,次于白角,亦屈以为杓、䑛釜,辄尽又取其尾为小如意。[1]

唐韩愈的《初南食贻元十八协律》"鲎实如惠文,骨眼相负行"客观描写了鲎的外表。宋虞俦《和万舍人分惠鲎鱼·其一》就提及韩愈写鲎、鲎为惠文冠等与鲎相关的典故:"昌黎集里知名久,山海经中取喻何。柱后惠文渠勿恃,只今散地亦投戈。"

全祖望的《惠文冠鱼》对鲎赞誉有加:"谁与惠文君,峨峨弹冠来。是冠甚污汝,钩致陪尊罍。""峨峨弹冠""陪尊罍"的字眼使得鲎似乎进入了文人的圈子。唐皮日休写的《五贶诗·诃陵樽》将用鲎做的酒樽列为诗人眼中的五种馈赠之一,其余四个为五泄舟、华顶杖、太湖砚以及乌龙养和(养和是靠背的别名)。[2] 其中砚自然是文人眼中宝,五泄舟、华顶杖、乌龙养和都是能助诗人一览天下美景、享受惬意人生之物,而在皮日休笔下,"一片鲎鱼壳,其中生翠波",顿时使得鲎壳充满了诗意,让人叫绝的是,他把鲎壳命名为诃陵樽。据《旧唐书》"诃陵"条所述:"诃陵国,在南方海中洲上居,东与婆利、西与堕婆登、北与真腊接,南临大海。"也就是说,在当时的世人眼里,鲎是生长在遥远南方海上异域的生物,因此珍贵。后陆游《近村暮归》中的"鲎樽恰受三升酝,龟屋新裁二寸冠"使用了该典,他自注道:"鲎樽即皮袭美[3]所云诃陵樽也。予近以龟壳作冠,高二寸许。"可见,文人雅士赋予鲎高雅的品位。清胡承珙《竹垞》的"但足鱼羹饭,何须鲎壳冠"也说明了这一点。

不少诗歌对鲎的叙述告诉我们水上的生活、航行与鲎帆紧密相关,如南宋葛立方《送李元孟赴湖南漕属》"暑雨驱鱼婢,薰风入鲎帆"。其

---

[1] 罗愿.尔雅翼:卷三十一[M].长春:吉林出版集团,2005.
[2] 陈贻焮.增订注释全唐诗:第4卷[M].北京:文化艺术出版社,2001:546-547.
[3] 即皮日休.

他还有很多:"甓社鲎帆迎月上""天边筑馆迎龙节,海上吹铙遁鲎帆""海门春老鲎帆风""鲎鱼背有帆,鳄鱼尾有黏""鲎为帆起当窗见,潮作风来吹酒醒""有鱼如屋鲎如帆""鲎帆隐隐当窗起,鱼艇飘飘倚槛停""鲎帆天外落,虾岛水中央""风帆摇鲎媚,霜杵响鲛人""鲎帆风向浪前赊""海外鲎帆来络绎""鲎帆珠舶苍茫外""鲸潮初定鲎帆来""石帆何高高? 张如鲎背立如鳌""吾与君,奚以驾鲎帆""鲎身能使不帆风""鲎帆欻忽飓母恶""飓风磨旋鲎帆片,蜑雨珠沈蛟室琲""掠波鲸鬣万旍殷,冲云鲎扇千帆黑""万鲎擎帆扇""海市鲎帆扬""鲎箪贴水,罗纹密织""舶泛鲎涛通贝币""鲎帆蜑雨恒迷离""风来吹作鲎帆圆""蛋户鲎帆来海外""风帆摇鲎媚""鲛国旌幢,鲎帆箫吹""鲎帆齐折",凡此种种,描摹了鲎在海上群体出游、浩浩荡荡的场面。

还有的诗人使用组合意象的方式,强化了鲎帆场面的宏大,或添加了扬帆出海的含义。如南宋乐雷发《桂林送人之琼州招捕海寇》"旌旗枫鬼[1]雨,舟楫鲎箪风",元末明初贝琼《洪武八年三月奉旨分教中都生自龙江至临淮凡十日为赋长谣以纪山川风景云》"海门雁阵入云飞,甓社[2]鲎帆迎月上",明丁乾学《送刘太史使朝鲜》"天边筑馆迎龙节,海上吹铙遁鲎帆",清惠士奇《送徐亮直编修奉使琉球》"鲸眼常明无月夜,鲎身能使不帆风",清王策《鹊踏花翻·刘阳废城望海》"掠波鲸鬣万旍殷,冲云鲎扇千帆黑"、《摸鱼儿》"敕鳌送鲸扶,万鲎擎帆扇",清赵庆熺《水龙吟·石帆》"鲛梭裊雾,鲎箪贴水"。

明区怀年《自慰》"山国日闲鸥社稼,海门春老鲎帆风",与鸥鸟结社相约为友,以示隐逸之意。明末清初王夫之《读甘蔗生遣兴诗次韵而和之七十六首·其二十二》"鲎壳作帆迷缆索,蛛丝为线腻针尖",表达了

---

[1] 枫鬼:枫人。南朝梁任昉《述异记》卷下:"南中有枫子鬼,枫木之老者为人形,亦呼为灵枫。"唐司空曙《送流人》诗:"山村枫子鬼,江庙石郎神。"明李时珍《本草纲目·木一·枫香脂》:"枫子鬼,乃樶木上寄生枝,高三四尺,天旱以泥涂之,即雨也。"亦省作"枫鬼"。

[2] 甓社:湖名。在江苏高邮县西北。湖东西长70里,南北宽50里。

对人与自然相处的思考。清陆世楷《后感事三首·其三》"舳泛鲎涛通贝币,旗沈鳅穴息烽烟",表现人类追求和平与进行贸易往来之意。

鲎或鲎帆与暴雨飓风等可怕的自然现象也常联系一起,如清朱彝尊《送少詹王先生(士禛)代祀南海兼怀梁孝廉(佩兰)屈处士(大均)陈处士(恭尹)》"鲎帆欸忽飓母恶,珠宫贝阙罕得扳",清陈维崧《马殿闻筵上食河豚作长句示湖中吴志伊诸子》"鲎帆蜑雨恒迷离",清黄景仁《南浦泊镇海》"多少鲎帆蜑雨,和龙吟、夜半似惊雷",清末民初苏镜潭《东宁百咏·其九十四》"七月八月飓风来,破帆屈鲎似轰雷"。

鲎可以预测天气。清朱仕玠《尸位学署岑寂无聊泛泛随流迹近渔父每有闻见辄宣讴咏因名瀛涯渔唱·其七十》:"只愁飓作鲸波恶,但占天边屈鲎虹。"(作者注:"凡飓将至,则天边断虹先见一片如船帆者,曰破帆;稍及半天如鲎尾者,曰屈鲎。")。清孙尔准《台阳杂咏·其八》:"夏占帆鲎雨,秋试纸鸢风。"

作为海洋生物,鲎较多地与海洋自然现象或其他海洋生物发生联系,如清孙元衡《渔家口号》"家在蚝山蜃气开,鲸潮初定鲎帆来";也跟神话传说中的神怪联系在一起,如清陈维崧《破阵子·江上作》"蜑户鲎帆来海外,犀液龙漦贮月中"[1],《喜迁莺·石濂和尚自粤东来梁园为余画小像作天女散花图词以谢之》"鲛国旌幢,鲎帆笳吹,万叠雪倾银溅";甚至跟外国、外国人扯上了关系,如清梁佩兰《送黄摄之从僧开法安南·其二》"番俗人骑象,洋船鲎作帆",晚清俞樾《感事四首·其二》"海外鲎帆来络绎,云中凤阙失崔嵬"。

因为鲎可以食用,特别是做鲎酱,所以关于鲎酱的诗词很多。宋朝杨万里对鲎酱情有独钟。他写的《鲎酱》道:"忽有瓶罂至,卷将江海来。玄霜冻龟壳,红雾染珠胎。鱼鲊兼虾鲊,奴才更婢才。平章堪一饭,断送更三杯。"在《小饮俎豆颇备江西淮浙之品戏题二首》道:"满盘山海眩芳

---

[1] 龙漦:古代传说中神龙所吐唾沫。

珍,未借前筹已咽津。鲎酱子鱼总佳客,玉狸黄雀是乡人。"不仅写了鲎酱的美味,也充满了对家乡美食的渴念。同时代岳珂的《奉谢赵季茂遣馈鲎酱》中有"谁遣瓶罂海上来",与杨万里的"忽有瓶罂至,卷将江海来"都用"瓶罂"指代鲎酱。由陆游《春晚小饮》的"鲎醢鰍乾一醉同"可知,他也爱吃鲎肉酱,即诗中"鲎醢",并以之做下酒菜。宋梅尧臣写《正仲答云鲎酱乃是毛鱼耳走笔戏之》就是因为朋友吴正仲错将鲎酱认为是毛鱼而毫不客气写诗笑话他。而方岳的《黄倅饷鲎一徐尉饷蟛蜞十同时至》"更分鲎似惠文冠"再次使用惠文冠一典,"剑客生劙珠一筆"中的"珠"应该是鲎卵,将鲎比为剑客,描写得很有趣。最后两句,"不知南食诗何似,待问昌黎老子看",用了韩愈创作《初南食贻元十八协律》的典故。

(四) 蚝

唐刘恂《岭表录异》载:"蚝即牡蛎也。其初生海岛边如拳石,四面渐长,有高一二丈者,巉岩如山。每一房内,蚝肉一片,随其所生,前后大小不等。每潮来,诸蚝皆开房,伺虫蚁入即合之。海夷卢亭,往往以斧揳取壳,烧以烈火,蚝即启房。挑取其肉,贮以小竹筐,赴墟市以易酒(原注:卢亭好酒,以蚝肉换酒也)。蚝肉大者腌为炙;小者炒食。肉中有滋味,食之即能壅肠胃。"[1] 清朝屈大均《广东新语》卷二十三"介语"也有很详细的"蚝"的记载:"以其壳累墙,高至五六丈不仆。壳中有一片莹滑而圆,是曰蚝光,以砌照壁,望之若鱼鳞然,雨洗益白。小者真珠蚝,中尝有珠。大者亦曰牡蛎,蛎无牡牝,以其大,故名曰牡也。"

韩愈《初南食贻元十八协律》"蚝相黏为山,百十各自生",明末清初钱谦益《读云林园事略追叙昔游凡一千字》"南食罗蚝鲎,盘筵斗粗粝",屈大均《香山过茄头村作·其二》"拾鲎雌雄并,开蚝左右分。家家多海错,邀我醉氤氲",清洪繻《入市书所见》"碎裂粥鼓折饧箫,蚝筐满地钱满路",都写了蚝是渔民的常见食品,并与渔民的生活息息相关。蚝壳还

---

[1] 商璧,潘博.岭表录异校补[M].南宁:广西民族出版社,1988:169.

可以做建筑材料。如元末明初汪广洋《岭南杂咏·其六》"莫言昨夜南风急,今日登盘有海蚝",宋韩维《送王奉议知吴江县》"闻说吴江上,长桥百丈虹。蚝粘能固本,人度若乘空",黄庭坚《题落星寺四首·其二》"相黏蚝山作居室,窍凿混沌无完肤",清孙尔准《台阳杂咏·其二》"硐户徵蚝饷,山居讼蛎田",清孙元衡《渔家口号》"家在蚝山蜃气开,鲸潮初定鲎帆来。虎鲨鬼蟹纷无数,就里难求蛤蚌胎",清曾逢辰《剖蚝篇有引》"但爱蚝肥孕珠胎,随月圆腻著手开。琼浆玉屑软于苔,盈筐盈筥肩归来。吁嗟乎,蚝石触侬鞋,蚝房刺侬手",清胡会恩《珠江杂咏四首·其二》"山家蚝壁峙,海市鲎帆扬",清胡承珙《淡水道中》"鲎柱通沟尾,蚝山出屋颠",清陆世楷《广州》"蛤粉为泥涂壁垩,蚝房似石叠墙坚"。

蚝其实也进入了文人骚客的饮食中,如陆游《绍兴中予初仕为宁德主簿与同官饮酒食蛎房甚乐后五十年有饷此味者感叹有赋酒海者大劝杯容一升当时所尚也》"同寮飞酒海,小吏擘蚝山",《送邢臯甫入闽二首·其二》"此外但宜烹茗雪,伤生不用擘蚝山"。

诗人使用比喻,给予"蚝"意象化涵义。宋谢逸《拟岘台》"客子自来如燕,世事相黏若蚝",明王世贞《畲宗汉令君谢全椒事归作汗漫游者二十载曩岁以四律寄我方在斋居不能为和今岁复携七绝句见赠一谈而别辄依数报之·其六》"十八娘红生荔枝,蚝房舌嫩比西施。更教何处夸三绝,为有畲郎七字诗",清欧阳述《水族博物馆》"山蚝结屋若瑶岛,石蛫吐华如锦茵"。

历史上,蚝与文天祥有着一个动人的故事,清诗人丘逢甲多次在诗作里提到这件事,那就是文天祥在潮阳和平题有一块碑,把原来"蚝墩"之名改为"和平"。文天祥题字立碑后,当地的蚝就迁走了。丘逢甲在他的《和平里行》序中说:"……谨按公驻潮阳于双忠祠莲花峰外事迹,则在和平里为多……今志则云里旧名蚝墩,公始易今名,碑未载。又云:公在军,常不寐,至此,始安寝。信宿,以地气和平,故名之。则父老传闻,恐非公当时意。此与里人所云:镌公书于碑,树之里门,蚝遂徙去者,意皆非事实。虫介旧有今无者,亦事之常。蚝非鳄比,徙何为者?但里人以此增重公书,与韩公文作比例,意亦良厚,可姑存其说耳。"[1]该诗有如下几句"日星河岳浩然气,大笔更向蚝墩留""蚝何为者避公书,帖然徙去如鳄鱼。尔虽么麿识忠义,愧彼卖国降虏奴"。丘逢甲援用韩愈以文驱鳄的典故,认为蚝躲避文丞相的墨迹,帖服迁离而去,原因如同鳄因韩愈祭文迁居。蚝虽细小却识忠义,愧煞那些卖国投敌之辈。

丘逢甲的《次韵答马竹坪孝廉(名兆麟,诏安人,时馆和平里)》"蚝墩遗碣访文公,踪迹天涯愧断蓬",《林毣云郎中(鹤年)寄题蚝墩忠迹诗册追忆旧事次韵遥答·其二》"碎破河山同感慨,更将忠迹表蚝墩",其八"徙尽虹桥桥畔蚝,北风吹客冷萧骚"一再提及此事。

(五)象

古籍中有很多东南亚、西亚国家进贡象或白象、象牙的记载,其中林邑国(今在越南中部)仅在唐朝就贡象达十几次[2]。唐李商隐《送从翁从东川弘农尚书幕》"蛮童骑象舞,江市卖鲛绡",唐杜荀鹤《赠友人罢举赴交趾辟命》"舶载海奴镮硾耳,象驼蛮女彩缠身",也说明在唐诗人的诗歌叙事中,象与南海域外、南方交趾一带有联系。

柳宗元《岭南江行》总结了岭南及周边地区的特异风物——瘴江、黄茆、象迹、蛟涎、射工和飓母:

> 瘴江南去入云烟,望尽黄茆是海边。
> 山腹雨晴添象迹,潭心日暖长蛟涎。
> 射工巧伺游人影,飓母偏惊旅客船。
> 从此忧来非一事,岂容华发待流年。

---

[1] 丘逢甲.丘逢甲诗选[M].李树政,选注.广州:广东人民出版社,1984:114-115.
[2] 李征松.唐诗中的瑞兽研究:以唐诗中常见的六大瑞兽为主要研究对象[D].广州:暨南大学,2010:30.

除了柳宗元的这首诗,唐周繇《送杨环校书归广南》"山村象踏桃榔叶,海外人收翡翠毛",唐项斯《寄流人》"象迹频藏齿,龙涎远蔽珠……家人秦地老,泣对日南图",还有唐末陈光《送人游交趾》"浪歇龙涎聚,沙虚象迹深",都说明象和龙涎常出现在交趾、日南等地方。

龙涎即龙涎香。据《岭外代答》"龙涎条"所述:"大食西海多龙,枕石一睡,涎沫浮水,积而能坚。鲛人探之以为至宝。新者色白,稍久则紫,甚久则黑。"[1]鲛人都"以为至宝",可见其非常珍贵,同时也烘托出象的珍贵。其实,在中华祥瑞文化的语境下,大象的出现是吉祥的表征。传说舜帝死后葬于苍梧之野,有象为之耕耘。[2]《宋书·符瑞志》亦云:"白象者,人君自养有节则至。"[3]所以五代沈彬《句》"龙约海船行有气,象限铜柱卧成痕",把铜柱意象与瑞兽龙、象组合在了一起。

(六)犀、通犀

《说文解字》:"犀:南徼外牛。一角在鼻,一角在顶,似豕。从牛、尾声。"[4]即犀牛生活在南方边陲或南部边境的附属国。"交趾遣使来钦,因以博易,所赍乃金银、铜钱、沉香、光香、熟香、生香、真珠、象齿、犀角。"[5]

古诗中的岭南景观,犀牛是常见的组成部分。初唐沈佺期《赦到不得归题江上石》描写交趾为"山空闻斗象,江静见游犀",五代至宋张泌《送容州中丞赴镇》"鹢首冲泷浪,犀渠拂岭云",北宋王禹偁《送馆中王正言使交趾》"犀牛出水挨铜柱,飓母扶空卸海樯",清梁佩兰《送人入安南》"鱼龙宫阙浮空上,犀象人家绕树行"。犀牛也是进贡之物,如元黎崱《图志歌》"安南版图数千里,少是居民多山水。东邻合浦北宜邕,南

---

[1] 周去非.岭外代答校注[M].杨武泉,校注.北京:中华书局,1999:266.
[2] 参见:《太平御览》"象耕鸟耘"之说.李昉,李穆,徐铉,等.太平御览[M].北京:中华书局,1960:3955.
[3] 沈约.宋书[M].北京:中华书局,1974:802.
[4] 许慎.说文解字[M].北京:中华书局,1963:30.
[5] 周去非.岭外代答校注[M].杨武泉,校注.北京:中华书局,1999:196.

抵占城西大理……师还伏罪进表章,犀象玺珠常踵至",清陆世楷《诸将五首·其四》"翠羽不须天阙贡,文犀何事日南来"。

明韩上桂《广州行呈方伯胡公》描写了北部湾一带贸易往来的热闹景象:"珊瑚玳瑁倾都市,象齿文犀错绮筵。合浦明珠连乘照,日南火布经宵燃。"文犀是交易、进贡的商品或物品之一。

宋刘一止《浣溪沙》将犀意象化,营造审美意境:"午夜明蟾冷浸溪,姮娥应有辟寒犀"。再如宋向子諲《玉楼春·其一》"记得江城春意动。两行疏梅龙脑冻。佳人不用辟寒犀",元末明初胡奎《吴宫子夜四时歌》"朔风吹不入,自有辟寒犀……狐裘不觉煖,更有辟寒犀",明张萱《赠方凫阳民部出守广州二十二韵》"辟寒犀角重,解酒荔枝香",宋李清照《浣溪沙》"通犀还解辟寒无",等等。《汉书·西域传赞》:"明珠、文甲、通犀、翠羽之珍盈于后宫。"颜师古注引如淳曰:"通犀,中央色白,通两头。"清钮琇《觚賸·石言》:"岭表珍奇……珊瑚砗磲,明珠文贝,沉檀通犀,象齿翡翠。"可见通犀属于岭南的珍宝。

李商隐的《碧城三首·其一》说"犀辟尘埃玉辟寒",这句话后来被他人数次引用,如清谢元淮《集句联》"蝶衔花蕊蜂衔粉,犀辟尘埃玉辟寒"。

"犀"意象达到的最高境界当然是李商隐的《无题》:"身无彩凤双飞翼,心有灵犀一点通。"明杨荣干脆以《灵犀》为题,让犀与义兽驺虞等一起作为祝贺君王清明、太平盛世的意象:"奇兽方交献,文犀忽远呈……驺虞堪共处,玄豹许肩行。盛世多灵瑞,长歌颂太平。"

四、植物生成意象

唐朝岭南荔枝十分出名,北部湾一带古时已种植荔枝龙眼。又因为地处海滨,椰子、槟榔也较为常见。桄榔木原出九真、交趾,[1]因其可用

---

[1] 嵇含.南方草木状:卷中[M]//永瑢,纪昀,等.钦定四库全书.上海:上海古籍出版社,2003:3b.

来造船,唐五代时粤西将之作为一种经济林木扩大种植,遂成为粤西名贵的木材之一。[1]

(一)合浦衫叶、合浦叶

"合浦杉叶"这个文学意象的产生形成与流寓文人的心态有很大的关系。晋代刘欣期的《交州记》叙述如下:"合浦东二百里,有一杉树,叶落,随风飘入洛阳城内。汉时,善相者云:'此休征,当出王者。'故遣千人伐树,役夫多死。三百人坐断株上食,适足相容。"[2]我国现存最早的植物志——西晋嵇含《南方草木状》把这个故事稍加发挥了一下:"合浦东二百里有杉一树,汉安帝永初五年春,叶落随风飘入洛阳城,其叶大常衫数十倍。术士廉盛曰:'合浦东杉树叶也,此休征,当出王者。'帝遣使验之,信然。乃以千人伐树,役夫多死。其后三百人坐断株上食,过足相容,至今犹存。"[3]明代杨慎在《升庵文集》卷七十九"合浦杉"条里,记录了不少关于"合浦叶"的诗句:"庾信诗:'传闻合浦叶,远向洛阳飞。'吴均诗:'三秋合浦叶,九月洞庭湖。'薛道衡《吴趋行》:'杉叶朝飞向京洛,文鱼夜过历吴州。'皇甫冉诗:'心随合浦叶,命寄首阳薇。'杨盈川文:'合浦杉叶飞向洛阳,始兴鼓木徙于临武。'事皆本此。"[4]由此可知,"合浦杉叶"原为谶纬之说,流寓文人在此基础上把它发展成了表达思归的诗歌意象。其发展过程大致如下:南朝诗人江总三十多岁时开始流寓岭南的生活,直到四十五岁才结束在梁代的生活,转而做了陈朝的臣子,开始了人生另一个阶段的生活。[5] 诗人在广州遇到陈朝使臣,写下《遇长安使寄裴尚书》托其带给裴尚书。开头四句"传闻合浦叶,远向洛阳飞。北方尚嘶马,南冠独不归。去云目徒送,离琴手自挥。秋蓬失处所,春草屡芳菲"。唐长安三年(703),被流放钦州的一代词宗张说

---

[1] 钟文典.广西通史:第一卷[M].南宁:广西人民出版社,1999:183.
[2] 李昉,李穆,徐铉,等.太平御览:第九五七卷.[M].北京:中华书局,1995:4249.
[3] 转引自:汉魏六朝笔记小说大观[M].上海:上海古籍出版社,1999:262.
[4] 杨慎.丹铅余录:卷二[M]//永瑢,纪昀,等.钦定四库全书.上海:上海古籍出版社,2003:4a.
[5] 崔宏伟.江令君诗歌校注及创作考论[D].南昌:江西师范大学,2011:5.

《南中送北使二首》开首为:"传闻合浦叶,曾向洛阳飞。何日南风至,还随北使归",之后的诗句"红颜渡岭歇,白首对秋衰。高歌何由见,层堂不可违。谁怜炎海曲,泪尽血沾衣。待罪居重译,穷愁暮雨秋。山临鬼门路,城绕瘴江流。人事今如此,生涯尚可求。逢君入乡县,传我念京周。别恨归途远,离言暮景遒。夷歌翻下泪,芦酒未消愁",[1]把流放地的生活写得凄苦不堪,北归的愿望更加强烈。另一大诗人沈佺期比较幸运,他被贬驩州(今越南荣市,一说广西崇左)不久就遇赦北归,写下《喜赦》一诗,其中"喜气迎冤气,青衣报白衣。还将合浦叶,俱向洛城飞"[2]以"合浦叶"的典故表达自己重回朝廷的喜悦和急切心情。宋之问在唐睿宗即位的710年被贬钦州,后改贬桂州(今桂林市),其诗作《桂州三月三日》(一作"桂阳三日述怀")有云:"荔浦蘅皋万里馀,洛阳音信绝能疏。故园今日应愁思,曲水何能更祓除。逐伴谁怜合浦叶,思归岂食桂江鱼。不求汉使金囊赠,愿得佳人锦字书。"[3]使用了好几个意象:洛阳、曲水、汉使,表达被流放到此地的官员强烈的凄苦之感、失落乃至绝望之情,心里的思乡之情和北归朝廷之意难以分清。皇甫冉《太常博士远出贼庭江外相逢因叙其事》:"多士从芳饵,唯君识祸机。心同合浦叶,命寄首阳薇。耻作纤鳞煦,方随高鸟飞。"以"合浦叶"和"首阳薇"之典表达心有效力朝廷之意,但生不逢时只好抗节不仕的隐逸心态。明代文学家、史学家王世贞在他的几首诗中都使用了合浦叶飞的典故。如《初秋端居即事效初唐体》:"孤心合浦叶,远调峄阳桐。"峄阳桐即峄阳孤桐,是峄山南坡所生的特异梧桐,古代以为是制琴的上好材料。语出《书·禹贡》:"羽畎夏翟,峄阳孤桐。"孔传:"峄山之阳,特生桐,中琴瑟。"[4]《欧祯伯自岭南寄书经岁始达时已谒公车矣》中有"心随合浦能飞叶,句似罗浮寄远梅",《立秋日旅怀为陈人体》有"身如合浦初黄叶,

---

[1] 彭定求,沈三曾,杨中讷,等.全唐诗[M].延吉:延边人民出版社,2004:530.
[2] 彭定求,沈三曾,杨中讷,等.全唐诗[M].延吉:延边人民出版社,2004:566.
[3] 彭定求,沈三曾,杨中讷,等.全唐诗[M].延吉:延边人民出版社,2004:352.
[4] 罗竹风.汉语大词典.第七卷[Z].上海:汉语大词典出版社,1993:4275.

心在江东欲紫莼"。王世贞将合浦叶飞意象与其他意象组合,如"孤心合浦叶,远调峄阳桐"就将合浦叶之典和峄阳桐之典组合使用,"心随合浦能飞叶,句似罗浮寄远梅"也用了两个地域意象:合浦和罗浮山,"身如合浦初黄叶,心在江东欲紫莼"用的是合浦叶和江东莼两个地理意象。在此,合浦叶飞意象已经没有重返朝廷再获重用的意思了,只是表达孤寂、思念之情。同是明代的学者胡应麟(1551—1602)在其《林囧卿过访作》中的"旌移合浦风前叶,传拥罗浮雪后梅"与"心随合浦能飞叶,句似罗浮寄远梅"有异曲同工之妙。胡应麟在《咏黄叶同区孝廉纯玄太史用孺作·其一》再次使用合浦叶飞之典:"合浦飘仍远,长安落未终。千林俄失翠,一水间流红。寂寞经秋雨,彷徨后夜风。"此后明清相继使用该意象的还有,王弘诲《嬴惠庵十景诗为邓元宇将军赋·其十·石室仙踪》"石门幽鸟语关关,仙子游踪不可攀。总为伤情无尽处,年年合浦叶飞还",欧大任《始至江都学舍适逢新秋京口姚伯子见过同冯刘二僚长小集》"何来合浦叶,偶向清淮流。蒋径吾初扫,萧斋客共留",薛始亨《西江》"合浦何年叶,随风到洛城",明末清初陈子升《半醮》"合浦风生杉叶起,番禺秋老桂枝芬",岑徵《与谭非庸夜话》"合浦朝飞京洛叶,淮南秋老小山枝",明末清初著名岭南学者屈大均《高廉雷三郡旅中寄怀道香楼内子·其五》"飞飞合浦叶,何日始还乡"。

由上述例子可追寻出"合浦杉叶"意象含义的偏离轨迹:汉朝时是小说家言。到南北朝和唐时,深受流离之苦的文人在诗歌中以合浦叶向洛阳飞的意象衍生出心怀强烈北归之念的含义,且与其他意象组合使用,如"心同合浦叶,命寄首阳薇"以"合浦叶"和"首阳薇"之典连在一起,加强了对不幸命运的哀叹;"逐伴谁怜合浦叶,思归岂食桂江鱼",因为后一句,更加凸显思归之意。到了明清两代,这一意象在与其他意象组合使用后,还生成了孤寂、惆怅、清幽和思念之诗意,蕴涵着解读不尽的艺术魅力。

(二)荔枝

荔枝相对于其他水果要出名,当然是因为杜牧的"一骑红尘妃子笑,无人知是荔枝来"。明利仁《荔庄歌》:"曾闻碧玉悦坡翁,又见红尘笑妃子。"明俞安期断言:"海内如推百果王,鲜食荔支终第一。"《三辅黄图》载:"汉武帝元鼎六年,破南越,建扶荔宫。扶荔者,以荔枝得名也。自交趾移植百株于庭,无一生者。"[1]因为汉武帝、杨贵妃这些帝王妃子的喜好,一般都把荔枝视为高大上之物产。明陈仲臻《荔支·其一》给荔枝安排了奴仆:"杨梅真作仆,龙眼合为奴。"明俞安期《曹能始荔阁啖荔子歌》:"龙眼犹令奴作匹,其馀琐琐安足述。"

明末梁以壮《荔支·其一》更是把其他水果说成荔枝的臣妾或奴仆:

<blockquote>
海角南风五月微,荔支沿岸夹村扉。
清含碧玉圆珠体,内著红绡外赤衣。
味似蜜深招鸟啄,气兼兰静逐蝉飞。
从来百果皆臣妾,龙眼为奴信不非。
</blockquote>

(三)龙眼

周去非在《岭外代答》断言:"广西诸郡,富产圆眼,大且多肉,远胜闽中。"[2]魏文帝诏群臣曰:"南方果之珍异者,有龙眼、荔枝,令岁贡焉。出九真、交趾。"[3]可见,龙眼、荔枝一般都是形影不离的,曾由九真、交趾进贡。龙眼的名字取得比较霸气。明王佐(汝学)《龙眼二首·其一》道:"本是骊龙颔下珠,昨因龙睡到寰区。世人只恐龙来取,讳却龙名不敢书。"宋李光《文昌陈令寄龙眼甚富》更是把龙眼比作珍贵的合浦珠还:"不羡蒲萄马乳寒,品流须着荔支间。幽人顿觉空囊富,合浦明

---

[1] 胡起望,覃光广.桂海虞衡志辑佚校注[M].成都:四川民族出版社,1986:125.
[2] 周去非.岭外代答校注[M].杨武泉,校注.北京:中华书局,1999:300.
[3] 周去非.岭外代答校注[M].杨武泉,校注.北京:中华书局,1999:126.

珠一夜还。"

不过,龙眼还是敌不过荔枝,被视为荔枝的奴仆。如:北宋末周紫芝《食生荔子五首·其二》"著枝犹有露华腴,谁把红纱罩玉肤。龙眼也随君并熟,一生空作荔枝奴",南宋王十朋《龙眼》"实如益智本非药,味比荔支真是奴",明末清初陈子升《题故园龙眼树》"借问交亲情几许,风前消息荔奴知",清末邱炜萲《咏龙眼》"荔奴谁谑汝,避面各相怜"。

因此就有诗人为龙眼鸣不平,如明李云龙《无题·其一》"芍药牡丹婢,龙眼荔枝奴。草木本无性,尊卑何太殊",明王象晋《龙眼·其一》"较烈侧生应不忝,何缘唤作荔枝奴"。他在《龙眼·其二》继续发问:

何缘唤作荔枝奴,艳冶丰姿百果无。
琬液醇和羞沆瀣,金丸玓瓅赛玑珠。
好将姑射仙人产,供作瑶池王母需。
应共荔丹称伯仲,况兼益智策勋殊。

苏东坡却认为龙眼该庆幸自己没被权贵们看上,他在《廉州龙眼质味殊绝可敌荔支》中说:

龙眼与荔支,异出同父祖。
端如甘与橘,未易相可否。
异哉西海滨,琪树罗玄圃。
累累似桃李,一一流膏乳。
坐疑星陨空,又恐珠还浦。
图经未尝说,玉食远莫数。
独使皱皮生,弄色映雕俎。
蛮荒非汝辱,幸免妃子污。

明江源《咏龙眼》呼应了苏轼：

> 荔枝龙眼真并驱,大乔小乔两名姝。
> 先生后生伯仲耳,胡为呼汝荔枝奴。
> ……
> 秋风弱弱吹正熟,枝头万颗骊龙珠。
> ……
> 我欲荐之九重备玉食,又恐如汉十里一置,五里一堠,
> 人马俱毙长安衢。
> 宁教置身炎州幽侧地,不与杨梅庐橘争献承明庐。
> 独不闻苏子当年有至论,蛮荒非汝辱,倖免妃子污。
> 至今为汝数传诵,千载一洗旁挺诬。

明末清初屈大均《代怨别曲·其三》指出了龙眼、荔枝各有功能,并将它们作为相思的意象:"益智为龙眼,蠲愁是荔枝。为君空采摘,无路寄相思。"晚清林朝崧《谢张子材惠龙眼·其一》也是如此:"敢作寻常佳果视?深情一颗一骊珠。"

(四)椰子

《岭外代答》载:"皮中子壳可为器,子中穰白如玉,味美如牛乳,穰中酒新者极清芳,久则浑浊不堪饮。"[1]诗词中很多把椰子汁当作了酒,如五代李珣《南乡子·其十六》"木兰舟上珠帘卷,歌声远,椰子酒倾鹦鹉盏",元王士熙《别张思圣照磨》"山杯持酒分椰子,石密和浆摘荔支",宋黄大临《留别》"栈榔笋白映玉箸,椰子酒清宜具觞"。

但是,椰子在文人中其实被赋予更雅趣的含义。陆游《小病两日而愈》"记书身大似椰子,忍事瘿生如瓠壶",《扣腹》"身如椰子腹瓠壶,三

---

[1] 周去非.岭外代答校注[M].杨武泉,校注.北京:中华书局,1999:295.

亩荒园常荷锄"，《末题二首·其二》"一身只付鸡栖上，万卷真藏椰子中"，都在为自己胸藏万卷书而自得。其他文人也是如此，如南宋员兴宗《李巽岩四望楼》"彼腹椰子大，千卷贮亦曾"，方回《赠方童子》"腹仅椰子大，贮书一何夥"，《寄题张受益会清堂》"譬若椰子腹，中有万卷储"。

除了胸藏万卷书的含义，文人还将椰子与佛经、佛理联系在一起，椰子的意境一下被提升了很多。如南宋陈延龄《大安院》"优婆塞倾椰子酒，须菩提讲莲花经"[1]，南宋释慧远《示化士·其二》"身如椰子胆如天，喝道来参栗棘禅"，南宋刘克庄《怀曾景建二首·其一》"圣贤本柄藏椰子，佛祖机锋寓棘端"[2]，《灵石日长老拂衣退院连帅陆尚书比之石霜小诗赞叹》"菩提身外更无物，椰子腹中惟有书。静看芭蕉身不实，健忘椰子腹无书"。

元末明初苏伯衡《送王希赐编修使交趾》笔下的交趾除了出现"堕鸢""桄榔""荔子""瘴海""铜柱""薏苡"等，还有"蕉实垂垂重，椰浆盎盎浮"。而与安南有关的诗歌，更是少不了椰子，如《送侍郎智子元使安南》"桂林南去接交州，椰叶槟榔暗驿楼"，《送王熙易奉使安南》"玉碗白浮椰子重，金盘红擘荔支甘"，《送翰林王孟旸参将安南》"去马正逢椰子熟，归旌定及荔枝斑"，清帝弘历《咏连珠椰子八韵》"雅此合诗咏，鄙其代酒酣。诞哉草木状，林邑骋奇谈"。

（五）桄榔

在南宋范成大的《桂海虞衡志》中，对桄榔如此描述："桄榔木，身直如杉，又如棕榈，有节似大竹，一干挺上，开花数十穗，绿色。"桄榔木除产

---

[1] 优婆塞：梵语。指在家中奉佛的男子。即居士。《魏书·释老志》："俗人之信凭道法者，男曰优婆塞，女曰优婆夷。"须菩提：梵语 subhūti 的音译。或译为"须浮帝""须扶提""苏部底"等。意译为"善现""善见""善吉""空生"等。古印度拘萨罗国舍卫城长者鸠留之子，出家为释迦牟尼十大弟子之一，以"解空第一"著称。
[2] 战国宋有人请为燕王在棘刺的尖端刻猴，企图骗取优厚的俸禄；燕王发觉其虚妄，乃杀之。事见《韩非子·外储说左上》。后以"棘猴"喻徒费心力或欺诈诞妄。唐李白《古风》之三五："棘刺造沐猴，三年费精神。"元贡师泰《寄静庵上人》诗："世事同蕉鹿，人心类棘猴。"

于广西外,还产于九真、交趾。[1]

中唐元稹《送岭南崔侍御》所描写的岭南一带包括桄榔给人的感觉不甚美好:"桄榔面碜槟榔涩,海气常昏海日微。蛟老变为妖妇女,舶来多卖假珠玑。"但南宋项安世《送李邕州》的看法却相反:"桄榔之粉白于面,椰子之泉甘胜蜜。"元黄玠《拟送曹世长之官柳州赌博寨》"桄榔大树粉作饵,椰子酒熟甘而醇",也赞美了桄榔粉之美味。其实大部分诗歌里的桄榔意象涵义还是不错的。如北宋陈执中《题苍梧部》"铜鼓声浮翻霹雳,桄榔林静露真珠",南宋杨万里《题徐衡仲西窗诗编》"岭表旧游君记否,荔支林里折桄榔",唐末至五代韦庄《和郑拾遗秋日感事一百韵》"米惭无薏苡,面喜有桄榔",五代至宋初胡君防《句·其二》"桄榔雨醉江城夜,橄榄风吟野驿秋(送郡太守)",北宋章岘《和李升之夜游漓江上》"桄榔叶暗临江圃,茉莉香来酿酒家"。

苏轼不少描写岭南或海南的诗都会提及桄榔,他还很喜欢将桄榔和荜拨组合在一起,如《桄榔杖寄张文潜一首时初闻黄鲁直迁黔南范淳父九疑也》"江边曳杖桄榔瘦,林下寻苗荜拨香",苏轼《寄虎儿》"独倚桄榔树,闲挑荜拨根",宋陈德翔《漳浦偶成》"阴壑桄榔瘦,阳坡荜拨肥"也将桄榔和荜拨进行组合。苏轼还有《和黄龙清老三首其二》"风前橄榄星宿落,月下桄榔羽扇开",《追饯正辅表兄至博罗赋诗为别·其一》"舣舟蜑户龙冈窟,置酒椰叶桄榔间",《十一月二十六日松风亭下梅花盛开》"长条半落荔支浦,卧树独秀桄榔园",桄榔都与常见的岭南植物相提并论。

黄庭坚《戏咏猩猩毛笔二首·其一》"桄榔叶暗宾郎红,朋友相呼堕酒中",宋黄大临《留别》"桄榔笋白映玉箸,椰子酒清宜具觞",南宋戴复古《林伯仁话别二绝·其二》"茉莉花边把酒卮,桄榔树下共谈诗。醉来一枕西窗下,酒醒方知有别离",元范梈《将赴雷阳送罗提举之任广东》

---

[1] 胡起望,覃光广.桂海虞衡志辑佚校注[M].成都:四川民族出版社,1986:153-154.

"茉莉香深和酒露,桄榔叶暗煮盐烟",都将桄榔和喝酒这种行为联系在一起。

陆游对桄榔做的手杖情有独钟,他的《园中作二首·其一》"谁采桄榔寄一枝,北来万里为扶衰",《秋夕》"浴罢纱巾出草堂,一枝瘦杖倚桄榔",《夏日杂题八首·其四》"一枝黎峒桄榔杖,二寸羊城蟪蛄冠",《秋思三首·其二》"阿谁得似桄榔杖,肯为闲人万里来",《三月二十日儿辈出谒孤坐北窗二首·其二》"摩挲桄榔杖,与汝乐太平",他附了自注:"陈希周自海外归,送桄榔拄杖一枝。"还有他的《山行》:"五尺桄榔杖,二寸栟榈冠。"

元末明初张以宁《予使日南道吉安府主来访舟中命医者王本达馈以善药时予困于秋暑心目为之豁然感其意走笔为赋长句以赠》"桄榔椰叶蛮溪稠,飞鸢跕跕天南陬",元末明初张宣《得邓南隐书时在广西》"桄榔叶暗蛮溪雨,荔子花浓海峤春",元末明初王彝《送安南使还国应制》"薏苡生仁供旅食,桄榔垂叶荫诗筒",元末明初释妙声《送韦道宁》"夜宿桄榔雨,朝行踯躅春",元末明初释宗泐《送罗斛使者郭元恭归国》[1]"瘴云起处桄榔黑,毒雾开时岛屿青",明卢祥《送朱御史骥任广西佥事》"桄榔绿暗蛮烟净,荔子红酣瘴雨消"……诸多诗人使用"桄榔"等岭南本土常见的动植物或自然现象来讲述岭南的故事。同时,南方与外国进行贸易的行为在文人笔下从来都不会缺乏,如元末明初王祎《临漳杂诗十首·其四》:

> 近岁兵戎后,民风亦稍衰。
> 蕃船收港少,畬酒入城迟。
> 绿暗桄榔树,青悬橄榄枝。
> 薰风荔子熟,旧数老杨妃。

---

[1] 罗斛:11世纪时,在泰国北部出现了一个名叫"罗斛"的国家,一直存在到14世纪中叶。见:郑一省,王国平.西南地区海外移民史研究:以广西、云南为例[M].北京:社会科学文献出版社,2013:72.

中国人的英雄情结使得我们的诗歌里永远都少不了英雄意象,桄榔意象也跻身于这些意气昂扬的诗词里。如明史谨《送布政李昌祺之广西》"要陪马援题铜柱,肯学班超厌玉关。荔子枝头鹦鹉绿,桄榔叶底鹧鸪斑"。

再如元末明初苏伯衡《送王希赐编修使交趾》:

> 堕鸢从跕跕,馴鹿自呦呦。
> 绿认桄榔浦,红看荔子洲。
> 马人偏好客,蜑户总能舟。
> 日上扶桑表,天垂瘴海头。
> 昔闻铜作柱,今见蜃为楼。

(六)槟榔

《岭外代答》记载:"槟榔生海南黎峒,亦产交址。木如椶桐。结子叶间如柳条,颗颗丛缀其上。春取之为软槟榔,极可口;夏秋采而干之为米槟榔;渍之以盐为盐槟榔;小而尖者为鸡心槟榔;大而匾者为大腹子。悉下气药也。海商贩之,琼管收其征,岁计居什之五。广州税务收槟榔税,岁数万缗。"[1]

可见岭南地区食用槟榔很普遍。《太平御览·果部·卷十二》引《异物志》曰:"古贲灰,牡厉灰也。与扶留、槟榔,三物合食而后善也。扶留藤,似木防已,扶留、槟榔,所生相去远,为物甚异而相成。俗曰:'槟榔扶留,可以忘忧。'"[2]

元黎崱《送侍郎智子元使安南》就有"桂林南去接交州,椰叶槟榔暗驿楼"。晚清丘逢甲《西贡杂诗·其七》"槟榔红嚼蛎灰腥,粲露瓠犀醉半醒"则描写了人们吃槟榔的情状。元末明初张以宁《予使日南道吉安

---

[1] 周去非.岭外代答校注[M].杨武泉,校注.北京:中华书局,1999:292-293.
[2] 胡起望,覃光广.桂海虞衡志辑佚校注[M].成都:四川民族出版社,1986:75.

府主来访舟中命医者王本达馈以善药时予困于秋暑心目为之豁然感其意走笔为赋长句以赠》"桄榔椰叶蛮溪稠,飞鸢趾趾天南陬",以槟榔作为意象,与"飞鸢趾趾"一起构建那令人心生恐慌的南蛮之地。

清莫瞻菉《粤东诗与陈简亭同赋·其二》同样有"合浦还珠""伏波横海""蜃楼""蜑户""槟榔""佛桑"等意象,构建的却是一个宁静祥和、别具风情的南国:

> 合浦还珠待孟尝,伏波横海旧开疆。
> 吸筒春晓餐蕉露,曲簿秋晴晒蔗霜。
> 浪靖蜃楼都敛息,时清蜑户亦驯良。
> 六篷船倚槟榔树,处处飞红看佛桑。

李白《玉真公主别馆苦雨赠卫尉张卿二首·其二》"何时黄金盘,一斛荐槟榔",提及一个与槟榔有关的典故。《南史》卷十五"刘穆之列传":"穆之[1]少时,家贫诞节,嗜酒食,不修拘检。好往妻兄家乞食,多见辱,不以为耻。其妻江嗣女,甚明识,每禁不令往江氏。后有庆会,属令勿来。穆之犹往,食毕求槟榔。江氏兄弟戏之曰:'槟榔消食,君乃常饥,何忽须此?'妻复截发市肴馔,为其兄弟以饷穆之,自此不对穆之梳沐。及穆之为丹阳尹,将召妻兄弟,妻泣而稽颡以致谢。穆之曰:'本不匿怨,无所致忧。'及至醉饱,穆之乃令厨人以金柈贮槟榔一斛以进之。"[2]"一斛槟榔"从此喻为不计前怨,或喻因贫困而遭戏弄。宋吕本中《刘穆之》"金柈一斛贮槟榔,戏调儿童走欲狂"说的就是此事。

后世诗人纷纷使用此典,如:北宋胡宿《刘开府》"金盘一石槟榔赠,可得当年是讳饥",黄庭坚《次韵胡彦明同年羁旅京师寄李子飞三章一

---

[1] 东晋末年大臣,汉高帝刘邦庶长子齐悼惠王刘肥后代。
[2] 吴庚舜.全唐诗典故辞典:下[Z].武汉:湖北辞书出版社,1989:1449.

章道其困穷二章劝之归三章言我亦欲归耳胡李相甥也故有槟榔之句·其二》"槟榔一斛何须得,李氏弟兄佳少年",《几道复觅槟榔》"莫笑忍饥穷县令,烦君一斛寄槟榔",宋孙觌《到象州寓行衙太守陈容德携酒见过二首·其二》"未省谗言遭薏苡,直将空腹傲槟榔"。也有人对这种以服用槟榔作为衡量贫富的标准不以为然,如南宋张扩《次韵何任叟正字馆中试茶》"金桴猥称槟榔珍,藿食未辨污吾唇"。不管如何,上述例子说明古时文人以食用槟榔为常见,但还是有人对岭南一带的槟榔感觉不佳。如元稹《送岭南崔侍御》"桄榔面碜槟榔涩,海气常昏海日微"。

大部分诗人依然使用意象组合的方式,展示他们渊博的学识、奇丽的想象力。唐李嘉祐《送裴宣城上元所居》"泪向槟榔尽,身随鸿雁归",李纲《南渡次琼管江山风物与海北不殊民居皆在槟榔木间黎人出市交易蛮衣椎髻语音兜离不可晓也因询万安相去犹五百里僻陋尤甚黄茅中草屋二百馀家资生之具一切无有道由生黎峒山往往剽劫行者必自文昌县泛海得便风三日可达艰难至此不胜慨然赋诗二首纪土风志怀抱也·其一》"碧暗槟榔叶,香移薄荷丛",宋末元初刘黻《送茶》"槟榔是弟橄榄兄,大抵苦涩味乃深"。槟榔除了与橄榄、薄荷等南方常见香料相伴,更常与南国特产荔枝相映成趣,如白居易《题郡中荔枝诗十八韵兼寄万州杨八使君》"深于红踯躅,大校白槟榔",南宋李处权《喜闻三十弟消息》"荔子应怜汝,槟榔敢笑渠",南宋徐玑《寄上泉州许参政福州薛端明谪居》"乍嚼槟榔涩,初餐荔颗珍"。槟榔也参与构建南国或南海异国的宜人景色,如南宋林亦之《宜人姚氏(余倬之母)挽词》"灯火槟榔市,箫笳梅子村"。宋李曾伯过灵川县时道:"槟榔新满市,榕树老参天。"南宋方回《为张都目益题爪哇王后将相图》:"梢工满载槟榔果,征夫烂醉椰子酒。"

五、自然现象生成意象

如果说合浦叶之类的意象还比较有审美的意味,那么以往诗歌中很少使用的意象如瘴雨蛮烟、飓母、蜃、射工等则带有可怖的倾向了。这类意象有一定的客观环境作为基础,如粤西[1]炎热多瘴、森林茂密、动植物种类丰富等,但又非完全是客观物象本身的形态,而是经过了贬谪诗人心灵的加工创造,贯注了主体的悲愁、苦闷、恐惧等情感因素,再将此类意象艺术地组合,传神地表达主体的复杂体验与情怀。以柳宗元赴柳州途中所作的那首《岭南江行》为例:"瘴江南去入云烟,望尽黄茆是海边。山腹雨晴添象迹,潭心日暖长蛟涎。射工巧伺游人影,飓母偏惊旅客船。从此忧来非一事,岂容华发待流年。"瘴江原指容州绣江(今南流江),马援征交趾时所目睹的毒气熏蒸以致飞鸢堕落的恐怖水路;黄茆瘴特指容州鬼门关以南钦州一带的瘴疠。远离中原,首次踏入粤西土地的流贬诗人,以悲苦等复杂的心情来观照蛮荒之地时,体验的意向性与变形不可避免,因而在意象的选择与营造上更加突出丑、怪、险、恶等负面因素,虽然如此,这些意象却也丰富了流贬文学的构成,对后来贬谪或流寓粤西的诗人有直接影响。[2]

(一)瘴

《桂海虞衡志》载:"瘴,二广惟桂林无之。自是而南,皆瘴乡矣。瘴者,山岚水毒与草莽沴气,郁勃蒸薰之所为也。其中人如疟状,治法虽多,常以附子为急须,不换金正气散为通用。邕州两江水土尤恶,一岁无时无瘴。春曰青草瘴,夏曰黄梅瘴,六七月曰新禾瘴,八九月曰黄茅瘴。土人以黄茅瘴为尤毒。"[3]

唐熊孺登《寄安南马中丞》:"龙韬能致虎符分,万里霜台压瘴云。蕃客不须愁海路,波神今伏马将军。"中唐贾岛《送黄知(一作和)新归安南》:"火山难下雪,瘴土不生茶。"柳宗元《岭南江行》:"瘴江南去入云

---

[1] 从宋代开始,历代文人学者多以"粤西"指代"广西"。可参看:钟乃元.《唐宋粤西地域文化与诗歌研究》[M].北京:民族出版社,2012:3-4.
[2] 钟乃元.唐宋粤西地域文化与诗歌研究[M].北京:民族出版社,2012:302-303.
[3] 胡起望,覃光广.桂海虞衡志辑佚校注[M].成都:四川民族出版社,1986:169.

烟,望尽黄茆是海边。"中唐曹松《南游》:"犀占花阴卧,波冲瘴色流。"五代贯休《送谏官南迁》:"瘴杂交州雨,犀揩马援碑。"北宋陶弼《望安南海口》:"喜逢晴日破阴霾,望极西南瘴海涯。"南宋张孝祥《赠邕州滕史君》:"安南都护来鳌禁,建武将军握豹韬。瘴雨蛮烟惊鼓角,朔云边雪满旌旄。"元初张之翰《沁园春》"至元戊子冬,国子司业李君两山以春官小宗伯奉命使交趾,故作此以壮其行",中有"正蛮烟瘴雾"。元阎复《送李两山再使安南》中有"烽燧还清瘴海涯"。元袁桷《安南行(送李景山侍郎出使)》:"瘴江如墨黄茅昏,群蛮渡江江水浑。"元苏天爵《送南宫舍人赵子期出使安南》:"清风消瘴雨,丽月净蛮烟。"元黄溍《送傅汝砺之安南》:"日照楼船江水活,天低铜柱瘴云消。"元李源道《赠刘宗道使安南》:"蜃吐瘴烟骊洞暗,鲸掀巨浪海云腥。"元傅若金《桂林喜吕仲实金宪至》:"正月交州奉使归,忽闻鞍马发王畿。岭南瘴雨开铜柱,江上春云逐绣衣。"元陆友《送赵子期使交趾》:"瘴雨侵榕叶,腥风度竹枝"。元陈孚《交趾支陵驿即事》:"富良江涌瘴云湿,安化桥昏蛮雨来。"陈孚在《交州使还感事二首·其一》中甚至说:"已幸归来身复(一作健)在,梦回犹觉瘴魂惊。"明初王汝玉《送翰林王孟旸参将安南》:"黄茅绿树千重岭,瘴雨蛮云几处关。"明柯潜《送行人司正邵震使安南》:"瘴雨晴时过富良。"明末清初张煌言《徐闇公入觐行在取道安南闻而壮之二首·其一》:"五岭新冲春瘴疠。"清朱彝尊《送孙编修(卓)使安南》"能令瘴雨洗黄茅。"清甘汝来《铜柱》:"肯念平生马少游,畏此毒气熏蒸瘴乡恶。"元陈孚《江州(在溪洞)·其二》:"瘴烟蛮雨交州客,三处相思一梦魂。"明潘希曾《次韵酬安南国王饯别之作》:"万里观风百越春,瘴烟消尽物华新。"明陈琏《送徐兵部琦郭行人济使交阯》:"霜落桂林寒气肃,日明铜柱瘴烟收。"明胡俨《题赵尚书奉使安南卷》:"山连勾漏蛮云湿,日上龙编瘴雾收。"明林鸿《送郑二宣之交州》:"瘴海风涛行处白,故山烟雨别来青。"明末清初屈大均《八声甘州》"任牂牁万里,含烟吐瘴,全注交州。"清末至民国袁嘉谷《闻人道交南事·其一》"太息交州鬼怒号,烽烟冲破瘴云高。"自唐以来，瘴与安南、交州结下了不解之缘，哪怕与"铜柱"意象一起，也无法改变被瘴笼罩的阴霾，云、土、江、海、雨、乡、烟、雾，都可以冠上瘴，成了岭南及交州特有的意象。

在北部湾地区，因为江海为主要地理特征之一，所以古诗中瘴海、瘴江意象也为常见。如中唐卢纶《夜中得循州赵司马侍郎书因寄回使》：

瘴海寄双鱼，中宵达我居。
两行灯下泪，一纸岭南书。
地说炎蒸极，人称老病馀。
殷勤报贾傅，莫共酒杯疏。

中唐严维《送少微上人东南游》："瘴海空山热，雷州白日昏。"唐裴夷直《崇山郡》：

地尽炎荒瘴海头，圣朝今又放驩兜。
交州已在南天外，更过交州四五州。

北宋李师中《递中得先之兄书取邕钦宜柳归约十二月到此年节已近未闻来朝寄奉·其一》"我在漓江上，君行瘴海浔。"北宋陶弼《望安南海口》"喜逢晴日破阴霾，望极西南瘴海涯"，《题献花铺》"德裕南迁瘴海涯，路逢山女献山花"。宋释道潜《东坡先生挽词·其七》"谪籍数年居瘴海，功名无分勒燕然。"苏过随父亲苏轼谪惠州，复谪儋州，更多次在诗歌创作中使用"瘴海"意象，如"穷寓三年瘴海宾，箪瓢陋巷与谁邻"（《大人生日·其七》）、"寂寞三冬至，飘然瘴海中"（《己卯冬至儋人隽具见饮既罢有怀惠许兄弟》）、"瘴海风土恶，地气侵腰膝"（《枸杞》）、"瘴海不知秋，幽人忘岁月"（《次韵叔父月季再生》）。建炎三年（1129）十一月，李纲被贬谪海南，在往返海南的途中，李纲经过了广西的多个郡县，留下了大量诗文作品。在《李纲全集》中，他的旅桂诗共九十六首。其中，"瘴疠乡""瘴海滨""炎瘴地"等都是北部湾一带的代名词。如《初发雷阳有感二首·其二》"万里得归辞瘴海，三年奔命厌征轩"，《遣兴二首·其一》"缭络奔驰不记年，脱身瘴海岂徒然"，《奉赠宣抚孟参政二首·其二》"睢阳一别五经春，邂逅相逢瘴海滨"，还有如"草屋丛篁里，孤城瘴海端""归来卜筑瘴海滨，十里湖光岩洞小""三年隔瘴海，岂谓我尚存"等句。南宋英雄岳飞之子岳霖于淳熙三至四年知钦州[1]，他虽为钦州官员，在创作《过灵山述怀》时，也把就任之地看作是瘴海，而无法摆脱忧思和伤感："折腰为米本忧贫，流落天南瘴海滨。千里云山空别恨，十年萍梗可伤神。"[2]

使用"瘴江"意象的有初唐宋之问"身经大火热，颜入瘴江消"（《早发韶州》），张说"城绕瘴江流"（《南中送北使二首·其二》），还有唐张均《流合浦岭外作》：

瘴江西去火为山，炎徼南穷鬼作关。
从此更投人境外，生涯应在有无间。

柳宗元《岭南江行》："瘴江南去入云烟，望尽黄茆是海边。"北宋杨侃《送陈尧叟》："马困炎天蛮岭路，棹冲秋雾瘴江流。"

（二）蛋雨

蛋雨，泛指南方海上的暴雨。[3] 一般都是以之描绘一种凄凉境地。如：苏轼《十一月二十六日松风亭下梅花盛开·其一》"岂知流落复相见，蛮风蛋雨愁黄昏"，南宋李石《边州警报》"翠围矗矗乱山稠，蛋雨蛮

---

[1] 王永琏.岳霖在灵山县的诗序石刻[J].文史春秋，1995(06):28.
[2] 王永琏.岳霖在灵山县的诗序石刻[J].文史春秋，1995(06):28.
[3] 罗竹风.汉语大词典:第八卷[Z].上海:汉语大词典出版社，1991:891.

烟冻不收",南宋李洪《和郑康道探梅十绝句·其三》"南枝钟美知春早,未使蛮烟蜑雨昏"。南宋赵蕃《段元衡出示与晦翁九日登紫霄峰诗及手帖并及贾八十兄诗既敬读之得三绝句·其三》"冰水玉山元自好,蛮烟蜑雨只生悲",是以蛮云蜑雨代表了人人避之不及的地方。还有如:南宋刘克庄《挽赵漕克勤礼部二首·其一》"定应去判芙蓉馆,不堕蛮云蜑雨中",清顾贞观《水龙吟·客粤将归,留别李镜月、梁珠五诸同学》"韶光正好,为谁掷向,蛮烟蜑雨",清吴锡麒《百字令登天津望海楼》"青浮穹发,带腥风蜑雨,吹来寒色",晚清丘逢甲《台湾竹枝词·其三十六》"一重苦雾一重瘴,人在腥风蜑雨乡"。

也有诗词将之与其他意象组合,稍微增加了一点两色。如南宋魏了翁《次韵樊武仲致政见贻·其一》"蜑雨蛮风鸢外落,洞云溪月雁边明",元吴莱《荔枝行寄王善父》"天生尤物不用世,沾洒蜑雨吹蛮风。蛮风蜑雨振林薮,西域蒲萄秋压酒",明王鼎《送总宪熊汝明之两广》"山迎风采蛮烟净,人乐耕耘蜑雨轻",清朱彝尊《雄州歌四首·其二》"蜑雨蛮烟空日夜,南来车马北来船",清初查慎行《送少詹王阮亭先生祭告南海》"飓风磨旋鲨帆片,蜑雨珠沈蛟室琲",清方正瑗《放罗浮蝶》"蛮烟蜑雨还家路,飞破江南一片春",清黄景仁《南浦·泊镇海》"多少鲨帆蜑雨,和龙吟、夜半似惊雷",清郭麟《忆旧游·题彭甘亭淮阴鸿爪图》"蛮云蜑雨啼鹧鸪",清顾翰《买陂塘·伯夔邀食鲜荔支同兰崖赋》"问何来、闽南珍品,今朝得伴尊俎。瘴云蜑雨三千里,几日边城飞度",清黄培芳《罗浮放歌》"峦烟蜑雨忆坡老,参横月落怀师雄",清汤贻汾《玲珑四犯·将之粤东重题秋江罢钓看子》"笑这番、蜑雨蛮烟,怎伴泣珠鲛户"。

清周之琦《望海潮·送勋楣出守琼州》则把南海的典型意象都写入词中:

……

蜑雨弄晴,蛮花醉晓,珊瑚十万琼田。

一酌试廉泉。
　　想深沈合浦，早有珠还。
　　扫尽楼台蜃气，吹笛海门山。

　　清末民初易顺鼎《南浦·泊镇江用黄仲则此题此韵》"试解腰间紫竹，把鱼云蜃雨尽吹开"，《梦游仙·其七》"榕城好，倒影水楼嵌。秋浦鱼云晴晒网，春潮蜃雨暮归帆。却也似江南"，蜃雨的图景总算不是那么阴郁了。

（三）飓母

　　飓母，预兆飓风将至的云晕，形似虹霓。亦用以指飓风。唐白居易《送客春游岭南二十韵》："天黄生飓母，雨黑长枫人。"唐柳宗元《岭南江行》"瘴江南去入云烟，望尽黄茆是海边。山腹雨晴添象迹，潭心日暖长蛟涎。射工巧伺游人影，飓母偏惊旅客船"，把岭南常见意象都涉及了。北宋王禹偁《送馆中王正言使交趾》："犀牛出水挨铜柱，飓母扶空卸海艎。"北宋张耒《送丁宣德赴邕州佥判》："天连涨海鹏飞近，风卷孤城飓母生。勿为跕鸢思款段，古来男子重功名。"

　　明王佐（汝学）的《知风草》讲述了一种能预报飓风的草。其序言："此草能变化，乃虫所变。叶面叶底或一折，或二三折，或无之，岁岁叶叶相同，无间彼此。土人以候一岁飓风之有无，多有验者。"

　　　　飓母崩腾海岳移，方当寂寞未来时。
　　　　高堂广厦人如醉，独有泥沙小草知。[1]

　　明吴琏《挽钟德刚》则把飓母写成了一个符号："子规啼月寒潮落，飓母号山夏木摧。"明许三阶《一封书》："射工巧伺行人影。飓母偏惊旅

---

[1] 王佐.鸡肋集[M].刘剑三,点校.海口：海南出版社,2003:101-102.

客航。"明陈克侯《自沅州至武陵·其二》:"天应骄飓母,吾拟混鲛人。"明黄诏《题凤埕八景·其六·碧海连天景》:"祝融一怒山翻雪,飓母初呈浪拍天。"明李之世《再和潘孟与得九真》:"飓母翻风吹海立,石尤[1]噀墨搅天匀。"明李之世《社集咏知风草拈得一先限八韵》:"节应封姨信,威乘飓母权。"明末清初钱谦益《金陵秋兴八首次草堂韵(己亥七月初一作)·其七》"冯夷怒击前潮鼓,飓母谁催后鹢风?"《丙申重九海上作四首·其三》"飓母风欺天四角,鲛人泪尽海东头。"明末清初施闰章《南浦赠徐原一孝廉二十韵(时徐有父忧)》:"瘴江占飓母,雨洞识枫人。"清钱以垲《谒南海神庙》:"多时收飓母,几处息蛟涎。"清王世琛《登楼》:"飓母威难近,蛮云瘴不收。"

中国古诗中有一种独特的审美,即对仗的使用,使用对仗一般都把具体之物抽象化了,因此无拘无束,超越时空。飓母和子规、射工、鲛人、祝融、石尤风、封姨、冯夷、枫人(或枫鬼)、蛟涎、蛮云等都可以同时出现在诗人的笔下。飓母本是自然现象,组合之后,则成了一种意象。

(四)蜃、蜃气、蜃楼

蜃、蜃气、蜃楼,多指光线经过不同密度的空气层,发生显著折射或全反射时,把远处景物显示在空中或地面而形成的各种奇异景象。常发生在海上或沙漠地区。古人误认为是蜃吐气而成,故称。《史记·天官书》:"海旁蜃气象楼台,广野气成宫阙然。"后多以比喻虚幻的事物。[2]清中期小说《蜃楼志》罗浮居士序云:"所撰《蜃楼志》一书,不过本地风光,绝非空中楼阁也。"[3]即点明蜃楼本意是空中楼阁。蜃的这种涵义使得使用它的诗词多了点浪漫幻想的色彩。如南梁刘孝威《小临海》

---

[1] 传说古代有商人尤某娶石氏女,情好甚笃。尤远行不归,石思念成疾,临死叹曰:"吾恨不能阻其行,以至于此。今凡有商旅远行,吾当作大风为天下妇人阻之。"见元伊世珍《琅嬛记》引《江湖纪闻》。后因称逆风、顶头风为"石尤风"。
[2] 赵应铎.中国典故大辞典[Z].上海:汉语大词典出版社,2005:314.
[3] 转引自:耿淑艳.岭南古代小说史[M].北京:社会科学文献出版社,2015:160.

"蜃气远生楼,鲛人近潜织",唐岑参《送杨瑗(一作张子)尉南海》"楼台重蜃气,邑里杂鲛人",中唐杨巨源《供奉定法师归安南》"鹭涛清梵彻,蜃阁化城重",元稹《送岭南崔侍御》"蜃吐朝光楼隐隐,鳌吹细浪雨霏霏",晚唐胡曾《赠渔者》"往来南越谙鲛室,生长东吴识蜃楼",元陈孚《安南即事》"鳄鱼鸣霹雳,蜃气吐浮屠",元宋无《送傅与砺佐使安南》"瑶池天阔龙光漏,铜柱云低蜃气收",元末明初苏伯衡《送王希赐编修使交趾》"昔闻铜作柱,今见蜃为楼",清莫瞻菉《粤东诗与陈简亭同赋·其二》"浪靖蜃楼都敛息,时清蜑户亦驯良。六篷船倚槟榔树,处处飞红看佛桑"。莫瞻菉这首诗使用蜃楼、槟榔、佛桑等本土的现象或产物,构建了一个难得的宁静的粤东。

六、事典生成意象

意象的形成需要有个过程。而意象的定势完成后,也就成了混合着事典和语典的典故;而典故也就能成为一种意象,借助比兴的功用,使意义得到扩张和延伸。[1] 北部湾地域意象中不乏这样由事典形成的意象。

(一)合浦珠

最早记载"玭珠"即珍珠被列为贡品的文献是《尚书·夏书·禹贡》:"厥贡惟土五色……淮夷玭珠暨鱼。"[2]生产于合浦的南珠被列为贡品则始于《逸周书·王会解》后所附《商书·伊尹朝献》佚文,文载商初成汤命伊尹制定诸侯向商朝贡纳的制度,即"四方献令",其中有云:"正南瓯邓、桂国、损子、产里、百濮、九菌,请令以珠玑、玳瑁、象齿、文犀、翠羽、菌鹤、短狗为献。"[3]

---

[1] 潘万木.典故与意象[J].荆楚理工学院学报,2012,27(10):12-19.
[2] 罗竹风.汉语大词典:第八册[Z].上海:汉语大词典出版社,1991:990.
[3] 孔晁.逸周书:卷三[M]//永瑢,纪昀,等.钦定四库全书.上海:上海古籍出版社,2003:11a.

纵观珍珠与人类的故事,第一,珍珠宝贵,可致富。《汉书·地理志》:"粤地,牵牛、婺女之分野也。今之苍梧、郁林、合浦、交趾、九真、南海、日南,皆粤分也……处近海,多犀、象、毒冒、珠玑、银、铜、果、布之凑,中国往商贾者多取富焉。"[1]《汉书·王章传》:"大将军凤薨后,弟成都侯商复为大将军辅政,白上还章妻子故郡。其家属皆完具,采珠致产数百万。时,萧育为泰山太守,皆令赎还故田宅。"[2]

第二,珍珠被古人附会上神话故事,赋予了情感。东汉郭宪《洞冥记》卷二:"昧勒国在日南,其人乘象入海底取宝,宿于鲛人之宫,得泪珠,则鲛人所泣之珠也。"[3]

南北朝著名诗人江总《三善殿夜望山灯诗》"采珠非合浦,赠佩异江滨",用对比烘托了合浦珍珠的价值。"赠佩异江滨"典出刘向《列仙传》,云江妃二女,游于江汉之滨,遇郑交甫,以佩珠赠之。交甫行数十步,佩珠与仙女皆不见。这两句以珠、佩作喻,极言山寺夜灯的不同寻常。再如唐代李峤《珠》:"灿烂金舆侧,玲珑玉殿隈。昆池明月满,合浦夜光回。彩逐灵蛇转,形随舞凤来。甘泉宫起罢,花媚望风台。"充分彰显了合浦珍珠的美妙与神韵。

唐李瀚《蒙求》使用了"渊客泣珠""交甫解佩"之典。渊客即鲛人。《文选·左思〈吴都赋〉》:"泉室潜织而卷绡,渊客慷慨而泣珠。""渊客泣珠"指神话传说中鲛人流泪成珠,亦指鲛人流泪所成之珠。除了汉郭宪《洞冥记》卷二记载"鲛人泣珠"之外,晋张华《博物志》卷九:"南海外有鲛人,水居如鱼,不废织绩,其眼能泣珠。从水出,寓人家,积日卖绡。将去,从主人索一器,泣而成珠满盘,以与主人。"后用为蛮夷之民受恩施报之典实。交甫即郑交甫,"交甫解佩"典出"赠佩"。唐水府君《与郑德璘奇遇诗》:"既能解佩投交甫,更有明珠乞一双。"

---

[1] 班固.汉书:卷二[M].北京:中华书局,1999:1329-1330.
[2] 班固.汉书:卷三[M].北京:中华书局,1999:2417-2418.
[3] 郭宪.洞冥记:卷二[M]//永瑢,纪昀,等.钦定四库全书.上海:上海古籍出版社,2003:3a.

第三，珍珠或合浦珠与人们的日常生活发生联系，益显重要。

南梁沈约《少年新婚为之咏诗》："盈尺青铜镜，径寸合浦珠。"青铜镜在诗歌中出现的频率是很高的，如汉辛延年《羽林郎》："贻我青铜镜，结我红罗裙。"元秦简夫《赵礼让肥》第一折："朝来试看青铜镜，一夜忧愁白发多。"清陈维崧《海棠春·闺词和阮亭原韵》词："后堂憎杀青铜镜，怕照见云鬟未整。""盈尺青铜镜，径寸合浦珠"说明了以合浦珠为代表的珍珠和青铜镜一样作为新婚的标配，在人们生活中很重要。

北宋邹浩《观真珠花留戏陈莹中[1]》"古观无人花自开，真珠颗颗映莓苔。留教合浦居士看，何似海边新蚌胎"，说明合浦珠十分出名，被人们用以比喻圆润发光的东西。所以北宋李复《侯书记二子席上乞诗遂赠》把人的不凡风采比作是"珠光照合浦"：

……
吾党有侯生，高门映东鲁。
翘然出二子，发祥自其祖。
小儿肌骨明，珠光照合浦。
……

无独有偶，明张吉《送别刘太守用光转参闽省东归》则直截了当地说："廉州太守东来日，若问珠玑即两儿。"诗作者附注释道："用光在廉生二子名珠玑，对客辄曰此廉州土产也"。[2] 北宋郭祥正《故人李端夫（昂）赴廉州从事石室致酒留别二首·其一》"君怀自有骊珠富，合浦休将一颗回"，以合浦珠的珍贵赞美朋友的人格更加高贵。

唐张祜《投宛陵裴尚书二十韵》"月上连城璧，星环合浦珠"，宋陈起

---

[1] 陈莹中，即陈瓘，崇宁年间（1102年—1106年），坐党（元祐党）籍除名勒停，送袁州、廉州编管.
[2] 张吉.古城集：卷六[M]//永瑢，纪昀，等.钦定四库全书.上海：上海古籍出版社，2003：15b.

《以毅斋曾先生诗法曰能以无情作有情子熊举以见教兼示学诗如学禅之句次韵声谢》"如得合浦珠,如获荆山瑰",元末明初胡奎《寄贡尚书侄·其一》"诸孙总抱连城璧,遗稿谁收合浦珠",都表明合浦珠与荆山璞或连城璧同等珍贵。元马祖常《试院杂题·其七》"合浦珠光秋月并,丰城剑气夜云齐",明代马轼《奉饯季方先生》"丰城剑气东南起,合浦珠光日夜浮",其中"丰城剑气"典出《晋书·张华传》:谓吴灭晋兴之际,天空斗牛之间常有紫气。张华闻雷焕妙达纬象,乃邀与共观天文。焕曰"斗牛之间颇有异气",是"宝剑之精,上彻于天耳",并谓剑在豫章丰城。华即补焕为丰城令,"焕到县,掘狱屋基,入地四丈馀,得一石函,光气非常,中有双剑,并刻题,一曰龙泉,一曰太阿。其夕斗牛间气不复见焉"。后因用"丰城剑气"赞美宝物或杰士,亦指宝物或杰士有待识者发现。[1]

"合浦珠"也可为"浦珠"。前蜀贯休《寄景地判官》诗:"浦珠为履重,园柳助诗玄。"[2] 广东本土诗人屈大钧把合浦珠称为"珠母",如《廉州杂诗·其三》"珠母生明月,鲛人出紫绡"。

(二) 合浦珠还、合浦还珠

合浦产珍珠,因地方官贪污,采求无厌,珠徙至界外日南地方。后孟尝任太守,革除前弊,去珠复还。见《后汉书·孟尝传》。后世以"合浦珠还"作为称颂地方官理政清明的典故。同时,"合浦珠还""合浦还珠""珠还合浦"等也可比喻人去而复还或物失而复得。

"合浦珠还"典故较早出现在南北朝刘孝绰(一说是吴均所作)的《诗》中:"行衣侵晓露,征舻犯夜湍。无因停合浦,见此去珠还。"[3] 唐李瀚编著的《蒙求》使用了"孟尝还珠""刘昆反火"两个典故。也可以是"暗珠还浦",如宋张炎《瑞鹤仙·赵文升席上代去姬写怀》词:"休赋。

---

[1] 赵应铎.中国典故大辞典[Z].上海:汉语大词典出版社,2005:240.
[2] 赵应铎.中国典故大辞典[Z].上海:汉语大词典出版社,2005:327.
[3] 逯钦立.先秦汉魏晋南北朝诗[M].北京:中华书局,1983:1828.

王尊别后,老叶沈沟,暗珠还浦。"或"海还珠",称誉地方吏治卓著。如宋黄庭坚《文安国挽词》:"七闽家举子,百粤海还珠。"或"合浦还",谓自动返回。如唐独孤绶《投珠于泉》:"不是灵蛇吐,非缘合浦还。"这里用孟尝事,言投珠不同于合浦自还之珠。或"合浦还珠",如明吾丘瑞《运甓记·嗔鲊封还》:"你何不学贪泉忍渴宣尼圣?何不学合浦还珠汉孟生?"或"合浦珠",如唐杨衡《送王秀才往安南》诗:"无贪合浦珠,念守江陵橘。"或"合浦珠飞",谓失去心爱的人或物。明无名氏《霞笺记·追逐飞航》:"金雀屏各一天,玉簪折分两边,合浦珠飞甚日还。"或"合浦珠归",称赞地方官吏清廉正直有政绩。如清方文《送马倩若令阳江》诗:"端溪石贡唐书辨,合浦珠归越女欢。"或"还珠",形容为官清廉,政绩卓著。如唐李白《中丞宋公以吴兵三千赴河南军次寻阳脱余之囚参谋幕府因赠之》"九江皆渡虎,三郡尽还珠",借本典称颂宋中丞施行惠政。钱起《送李四擢第归觐省》诗:"子孝觉亲荣,独揽还珠美。"张循之《送泉州李使君之任》"执玉来朝远,还珠入贡频",借以表示希望李使君到任后兴利除弊,实施惠政。清姚祖同《过岭》诗之三:"佩犊思酸化,还珠有治源。"或"还珠合浦",如唐骆宾王《上兖州刺史启》:"甘雨随车,云低轻重之盖;还珠合浦,波含远近之星。"元马祖常《送宋诚太监祠海上诸神》诗:"漕粟琅邪见,还珠合浦闻。"或"还珠浦",如唐刘禹锡《奉和中书崔舍人八月十五日夜玩月二十韵》:"水是还珠浦,山成种玉田。"或"还珠守",喻清廉有政绩的地方官。如唐杜牧《春日言怀寄虢州李常侍十韵》:"今日还珠守,何年执戟郎?"杜甫《广州段功曹到得杨五长史谭书功曹却归聊寄此诗》"铜梁书远及,珠浦使将旋",以"珠浦使"称广州段功曹。或"明珠归合浦",如王维《送邢桂州》"明珠归合浦,应逐使臣星",借本典,预期邢桂州到任后,将使政风为之一变。或"明珠还浦",称扬为官清正,政绩卓著。元袁桷《院长有子在外从许州募得之院中率赋诗》:"衮绣门楣五色新,明珠还浦竞相亲。"或"浦还珠",形容灯火辉煌,光彩夺目。宋刘弇《次韵和彭道原元夕》:"赤帝鞭车堕云衢,烛龙骈头浦还珠。"或"珠辞合浦还",比喻失而复得,去而复还。明张景《飞丸记·丸里缄怀》:"想是宜僚丸楚邦驱难,还应是珠辞合浦一朝还。"或"珠还",如唐陈陶《闽中送任畹端公还京》诗:"汉庭凤进鹓行喜,隋国珠还水府贫。"或"珠还合浦",也作"珠还浦",如宋苏轼《次辩才韵》:"来如珠还浦,鱼鳖争骈头。"他结束贬谪生涯时路过合浦作的诗歌再次用了合浦珠还的典故,《廉州龙眼质味殊绝可敌荔支》"坐疑星陨空,又恐珠还浦"。也可以是"珠回合浦",见明王錂《春芜记·闺语》:"看珠回合浦还重并,更得一枝梅信。"还衍生出"珠徙",如清赵执信《池上归兴四首·之四》:"远海忽传珠徙日,高梧长忆凤栖晨。"[1]

　　唐宋诗人颇多使用"珠还合浦"的典故表达为官清廉之意。唐邓陟则以《珠还合浦》为题介绍了合浦珍珠,其中提及这一典故"昔逐诸侯去,今随太守还"[2]。大诗人李贺的《合浦无明珠》在诗的开头就以合浦珍珠与李衡龙阳植柑之典,讽刺官吏贪求:"合浦无明珠,龙洲无木奴。足知造化力,不给使君须。"继而讲述官吏逼越妇交税赋的故事。杨衡《送王秀才往安南》"无贪合浦珠,念守江陵橘",因"合浦珠"产在接近安南的合浦郡,又是历来合浦郡官员贪污的对象,所以诗人用以告诫前往安南的王秀才。薛能《陈州刺史寄鹤》"因得羽仪来合浦,便无魂梦去华亭"以合浦太守孟尝比拟陈州刺史,意在称美。[3] 还有韩愈《送郑尚书赴海南》用"官清蚌蛤还"称赞地方官清廉正直,政绩卓著。北宋李廌《李良相清德碑良相百药四世孙也天宝中为尉氏令邑人立此碑》"番禺惟饮水,合浦自还珠",饮水和合浦还珠都谓清廉。此外,该典也有对为官清廉者歌颂赞美之意,如宋代陶弼的《题廉州孟太守祠堂》:"昔时孟

---

[1] 方福仁.典故大辞典[Z].杭州:浙江人民出版社,1998:753-754;赵应铎.中国典故大辞典[Z].上海:汉语大词典出版社,2005:327-328.
[2] 彭定求,沈三曾,杨中讷,等.全唐诗[M].延吉:延边人民出版社,2004:4766.
[3] 范之麟,吴庚舜.全唐诗典故辞典:上册[Z].武汉:湖北辞书出版社,2001:642.

太守,忠信行海隅。不贼蚌蛤胎,水底多还珠。"[1]以及《合浦还珠亭》:"合浦还珠旧有亭,使君方似古人清。沙中蚌蛤胎常满,潭底蛟龙睡不惊。"还有大戏剧家汤显祖与涠洲岛的一段佳话,那便是他写的《阳江避热入海,至涠洲,夜看珠池作,寄郭廉州》。这首诗无疑是替涠洲岛做的最雅致的广告:风物还是涠洲好。其中,"为映吴梅福"用的是班固《汉书·梅福传》所记载的西汉末年梅福隐吴之典,"回看汉孟尝"用的就是孟尝太守"合浦还珠"之典了。[2]

"珠还"这个典故常与其他两个典故连用,一为"珠还剑合":源见"珠还合浦"、"丰城剑气"。谓失而复得,分而复合。如明王思任《重修〈三槐家谱〉序》:"盖不胜其珠还剑合,亡子见父之喜也"。[3] 晚明《古今小说》卷一:"珠还合浦重生采,剑合丰城倍有神。"清李渔《意中缘·画遇》:"剑合延津终有日,珠离合浦不须忧。"二为"璧返珠还":源见"完璧归赵""合浦还珠"。谓原物归还,也喻夫妻重团聚。明周履靖《锦笺记·分笺》:"丝幕难亲,锦笺牢佩,璧返珠还,钗全镜合,未可知也。"[4] 还有古代话本《钱掌珠设计暗去孀姑 周于伦卖妻生还老母》叙及于伦扶了母亲抛下掌珠和二郎去了,作者赋诗一首道:"乌鸟切深情,闺帏谊自轻。隋珠还合浦,和璧碎连城。"《庠生游学两遇佳丽 茂华觅莲三成连理》也出现"今幸全璧归赵,如合浦珠还"[5]等句。如此组合的典故,更强烈地表达失而复得、分而复合的意思。

有时,合浦珠还可以表示喜庆、喜气。如清嘉庆初年秦子忱的《续红楼梦》第二十七回李纨诗歌的开头两句"光生合浦喜珠还,此夜欣瞻旧

---

[1] 周晓薇,王锋.唐宋诗咏北部湾[M].南宁:广西人民出版社,2010:195.
[2] 范翔宇.涠洲史话千秋精彩[N].北海日报,2010-06-06(003).
[3] 赵应铎.中国典故大辞典[Z].上海:汉语大词典出版社,2005:328.
[4] 赵应铎.中国典故大辞典[Z].上海:汉语大词典出版社,2005:932.
[5] 吴伟斌.新"三言""二拍":观世记言[M].上海:上海大学出版社,2008:338.

玉颜"[1]，以珍珠衬托美人。宋代廉州团练副使陶弼初睹海天一色的珠城时，禁不住发出感叹："骑马客来惊路断，泛舟民去喜帆轻。虽然地远今无益，幸得珠还古有名。"[2]

当然，也有诗人并不以为合浦珠还是因为有廉吏。如秦观《海康书事十首·其十》：

> 合浦古珠池，一熟胎如山。
> 试问池边蜑，云今累年闲。
> 岂无明月珍，转徙溟渤间。
> 何关二千石[3]，时至自当还。

"合浦珠还"典故在不同的心境、不同的环境中，都会略有不同的隐喻，而与其他典故一起使用则会获得新意。如盛唐著名诗人王维送别友人的《送邢桂州》："铙吹喧京口，风波下洞庭。赭圻将赤岸，击汰复扬舲。日落江湖白，潮来天地青。明珠归合浦，应逐使臣星。"[4]这是令人振奋的送别诗，因为"珠还合浦"和"使臣星"之典表现的是政治气候的清明和仕途的顺畅无阻。骆宾王《上兖州刺史启》"甘雨随车，云低轻重之盖；还珠合浦，波含远近之星"，以"还珠合浦"之典与"甘雨随车"喻德政广被。[5] 合浦珠在宋代诗文中还与零陵郡复乳穴之典一起使用，更为强烈地揭示吏治对人民生活的影响之大。如宋洪咨夔《龙州猌金丹砂到官后民告所得倍于他时喜为赋》："乳到零陵竭，珠辞合浦行。地非悭

---

[1] 秦子忱.秦续红楼梦[M].沈阳:春风文艺出版社,1985:402.
[2] 陆露.海角亭碑刻[J].广西地方志,2014(02):33-39.
[3] 汉制,郡守俸禄为二千石,即月俸百二十斛。世因称郡守为"二千石"。见:罗竹风.汉语大词典.第一卷[Z].上海:汉语大词典出版社,1993:119.
[4] 彭定求,沈三曾,杨中讷,等.全唐诗[M].延吉:延边人民出版社,2004:691.
[5] 罗竹风.汉语大词典:第七卷[Z].上海:汉语大词典出版社,1991:971.

所产,人自晦于征。砂粒层层长,金麸点点明。盛衰非自尔,利莫与民争。"刘克庄《送明甫赴铜铅场六言七首·其四》:"旦市有攫金者,地灵岂爱宝哉。零陵贪而乳尽,合浦清而蚌回。"两首诗中的"零陵乳竭(尽)"之典应是出自柳宗元的《零陵郡复乳穴记》,所谓石钟乳的告罄,其实就是穴人对以前的刺史之"贪戾嗜利,徒吾役而不吾货也"[1]的盘剥的反抗和斗争,"复乳穴"是新刺史实行仁德政治的结果。正如合浦珠尽后经孟尝施行仁政又复还的故事一样。

此外,明清小说、杂剧等使用合浦珠还典故的非常多,基本都是珍贵之物或人失而复得之意。如,明张凤翼的传奇作品《红拂记·奇逢旧侣》有唱词云:"延津宝剑看重会,合浦明珠喜再逢。""延津剑合"指晋时龙泉、太阿两剑在延津会合的故事。后以"延津剑合"或"延津之合"比喻因缘会合。[2] 此处以"延津剑合"和"合浦珠还"之典一起强烈表达出战乱重逢之喜出望外。明代通俗文学家冯梦龙编纂的《喻世明言》里,有一篇《蒋兴哥重会珍珠衫》的短篇小说。主人公蒋兴哥到合浦贩珠,与人发生争执,失手打死对方,闹出官司,碰巧县主正是被他休掉的前妻的现任丈夫。前妻虽然失节于他,但一直得到蒋兴哥的善待。最终的结果是,县主为他俩的情义所打动,把蒋兴哥的前妻及其嫁妆一并还给了兴哥,这就是作者所谓的"珠还合浦重生采,剑合丰城倍有神"。明末《二刻拍案惊奇》卷三十二"张福娘一心贞守 朱天赐万里符名"中有:"锦窝爱妾,一朝剑析延津,远道孤儿,万里珠还合浦。"[3]明末清初的《巧联珠》第十三回末诗云:"合浦珠还日,延津剑合时。"还有清初以珠为线索、写才子佳人故事的烟水散人的小说《合浦珠》,在第十四回"明月珠东床中选"中,钱生对程信之保证道:"只在小弟身上,包兄珠还合

---

[1] 柳宗元.柳河东集[M].上海:上海人民出版社,1974:459.
[2] 罗竹风.汉语大词典:第七卷[Z].上海:汉语大词典出版社,1991:2644.
[3] 凌濛初.二拍:二刻拍案惊奇[M].沈阳:春风文艺出版社,1994:558.

浦,剑返延津。"[1]这些都是将"珠还合浦"和"延津剑合"的典故连用。人们还以合浦珠还与完璧归赵之典比喻珍贵之物失而复得。明末清初李渔的蒙学读物《笠翁对韵》中就有"返璧对还珠"。清陈端生《再生缘》第四十五回起首诗中有云:"年少英雄美丈夫,良缘中折负欢娱。玉楼锁月虚弦管,金屋藏春想画图。守义连城能返璧,神伤合浦未还珠。一朝忽慰云霓望,奏请君王降敕符。"[2]晚清言情小说《泪珠缘》第五十九回"连城璧合宝珠迎亲 合浦珠还蓬仙失喜",里面的情节也涉及合浦珠还:"……两位新人。殊尚不解。因看画上题的诗,是合浦珠还图……"把"连城璧"和"合浦珠还"的典故连在一起,都强调了因缘会合之意。清代白话长篇世情小说《快心编传奇三集》卷之四第八回有诗句云:"合浦珠还路不迷,鸳鸯拆散复同栖。"[3]《初刻拍案惊奇》卷二十七"顾阿秀喜舍檀那物 崔俊臣巧会芙蓉屏"里的开篇诗曰:"夫妻本是同林鸟,大限来时各自飞。若是遗珠还合浦,却教拂拭更生辉。"[4]莫不如此。

其实从古代到近代,珠还合浦的普及程度非常高,诗词、通俗小说经常使用,或作为故事主题。如《初刻拍案惊奇》卷之八"乌将军一饭必酬 陈大郎三人重会"中有"……睡梦中见观音菩萨口授四句诗道:'合浦珠还自有时,惊危目下且安之。……'"[5]《聊斋志异·霍女》有"何处可致千金者?错囊充牣,而合浦珠还,君幸足矣,穷问何为?"之句。《聊斋志异·雷曹》:"乐谢曰:'君生我亦良足矣,敢望珠还哉!'检视货财,并无亡失。"近代,中国著名翻译家林纾作《合浦珠传奇》,叙陈伯泫感激王廷瑛的恩德,在其死后,代其管理家业,并促成其子王寿的悔过自新,最

---

[1] 烟水散人.合浦珠[M]//侯忠义.中国古代珍稀小说(8).傅憎享,等校点.沈阳:春风文艺出版社,1994:618.
[2] 陈端生.再生缘[M].郑州:中州书画社,1982:615.
[3] 天花才子.快心编:下[M].沈阳:春风文艺出版社,1985:174.
[4] 凌濛初.初刻二刻拍案惊奇[M].长沙:岳麓书社,1988:270.
[5] 凌濛初.初刻二刻拍案惊奇[M].长沙:岳麓书社,1988:82.

后将王廷瑛的遗产还给王寿——也就是所谓的合浦还珠。

民国冯玉奇的通俗小说《解语花》第二十回有这样的情节：

……友竹笑了笑,因道:"同车同行又同病,同病相怜,同心人不见。"可人一想,这个对,倒出得很好,一连有了五个"同"字,把两人的心事,都活描出来。

时两人默默地想了一会儿,可人乃叫道:"姊姊,我对出了,你一定是很满意的,可是明天你到了南京,须得做个东道。"友竹道:"你如对得好,不要说一个东道,十个东道也行!对得不好,你可要重重地罚呢!"可人笑道:"你听仔细:'合抱合作到合浦,合浦珠还,合欢酒共斟。'"友竹点头道:"对得不错,但你这个'抱'字,不是太俗一些儿了吗?我给你改一个'意'字,你想怎样?"可人听了,拍手道:"好得多,你改得真有力,不愧乎女学士哩!"友竹笑道:"我们到了南京,唯愿语花妹妹同子蓬,都似你所说的,合浦珠还,那便是同心人相见、合欢酒共斟了。"……[1]

清代鸳湖烟水散人的《珍珠舶》："辛氏那时方把前日井中被救的事说明。长孙陈与胜哥如梦初觉。夫妻母子,抱头大哭。正是:本疑凤去秦台杳,可意珠还合浦来。"[2]

更为特别的是《珠还合浦记》,乃清代昙华所著章回小说。昙华,生平不详。此书见存一章,载于清宣统三年(1911)《留日女学会杂志》,题"昙华著"。《珠还合浦记》写在距英伦百余里之海王岛上,罗莎与一贵族少年私下结成伴侣,生有一女。少年在随军出航前,身染重疾,要见罗莎一面。罗莎遂将其女托于生母鲁蕙照顾,并留下其夫送的定情物等。书未写完,不知所述竟为何事。[3] 这是合浦珠还典故用于域外故事创

---

[1] 冯玉奇.解语花[M].北京:中国文史出版社,2018:117.
[2] 鸳湖烟水散人.珍珠舶[M].北京:大众文艺出版社,2002:488.
[3] 朱一玄,宁稼雨,陈桂声.中国古代小说总目提要[M].北京:人民文学出版社,2005:778.

作的罕见例子。

与"合浦还珠"意象连用的其他意象还有很多。唐陈陶《题赠高闲上人》："珠还合浦老，龙去玉州贫。"玉州，《五代史·于阗传》载："其国东南曰银州、卢州、湄州，其南千三百里曰玉州。"北宋赵抃《次韵前人见赠》："潮阳鳄去因诚祷，合浦珠还表性廉。"北宋祖无择《送新州陈式虞部》："大庾岭南郡，新兴事若何。还珠合浦近，辟恶密香多。"宋孔平仲《花望之弄璋亭》："屡种蓝田玉，新还合浦珠。"北宋邹浩《钦道》："袖里珠光携合浦，胸中潭影到昭平。"北宋释智月《偈》"荆山美玉奚为贵，合浦明珠比不得"，元末明初揭汯《汪大雅善隶书诗以赠之》"美玉出荆璞，明珠还合浦"，都把"合浦明珠"与"荆山美玉"同列于珍宝榜。宋胡仲弓《海月堂观涛》改为"玭珠还合浦"。《说文·玉部》"玭"字引汉宋宏曰："淮水中出玭珠。玭珠，珠之有声者。"元王恽《大雹行》中也有"潇潇合浦还珠玭"。宋程俱《致政程承议挽歌词（伯禹，侍郎瑀之父）》"合浦珠还增气象，延平剑客敛光芒"，南宋敖陶孙《上郑参政四十韵（乙亥）》"合浦珠无胫，丰城剑有痕"，都是将合浦珠还和延津剑合之典并用。宋李光《文昌陈令寄龙眼甚富》"不羡蒲萄马乳寒，品流须着荔支间。幽人顿觉空囊富，合浦明珠一夜还"，把龙眼之珍贵比作是合浦珠还。

宋孙觌《洪内翰母夫人董氏挽词二首·其二》"天教住世如金母，一笑迎还合浦珠"，如此使用合浦珠还意象进行比喻更是非常新奇。北宋末周紫芝《演师跳珠泉》"道人得摩尼，夜光还合浦"，把佛教徒得到佛珠比作是珠还合浦；元严士贞《慈氏阁》"字等明珠还合浦，经留贝叶镇名山"，把合浦珠比为佛经，更是让合浦珠的境界提高到了非同一般的程度。不过，这也未必算夸张。《全唐文》第 5 部卷四百三十八载："……合浦县海内珠池，自天宝元年以来，官吏无政，珠逃不见，二十年间，阙于进奉。今年二月十五日，珠还旧浦。臣按《南越志》云：'国步清，合浦珠生.'此实国家宝瑞,其地元敕封禁,臣请采进。"[1]合浦珠生为国家祥瑞,非同一般。

珠还合浦与廉州廉吏、马援铜柱等事典经常联系在一起。如两广督署大堂联"铜铸交州,长励边臣横海气;珠还合浦,愿铭廉吏饮冰心",明欧大任《寄林廉州》"珠还合浦皆明月,柱画分茅更伏波",明姚光虞《送沈库部守廉州》"客到炎方春雨满,珠还沧海夜光浮。汉家铜柱今犹在,此去凭君一借筹"。

明王弘海《送刘肖华太守廉州之任》:

> 横金出守郡名廉,五马翩翩吏隐兼。
> 鲛浦月明珠泽媚,羊城天阔羽书恬。
> 黄堂政简高斋寂,画阁春深丽藻添。
> 回首扶桑铜柱近,可能遗爱遍穷檐。

广东本土诗人屈大均的创作涉及北部湾地域意象的就更多了,尤其少不了合浦珠、铜柱等。如《廉州杂诗》其一:

> 象郡元秦塞,龙门是汉关。
> 天开珠母海,地接桂林山。
> 交趾兵频入,戈船使未还。
> 何时铜柱折,吾见灭南蛮。(粤谣云:"铜柱折,交趾灭。")

《廉州杂诗·其十三》:"珠光秋吐纳,铜表日摩挲。披发怜交趾,扬威忆伏波。"

---

[1] 阮元,李默.广东通志:前事略[M].广州:广东人民出版社,1981:57.

合浦还珠与当地的著名建筑也是自然而然分不开的,如明末清初岑徵《廉州·其三》"日落还珠浦,天荒海角亭",清何廷谦《廉州府署还珠亭联》"太守昔称廉,千载还珠传盛事;使君重起废,一亭流水喻澄怀"。

(三)马援铜柱

建武十七年(41),马援率水陆大军万余人,沿今浦北南流江经合浦,进入钦州乌雷整训,渡海南征交趾郡叛军。翌年,大败叛军,并立铜柱于林邑(今越南中部)以标汉界。立铜柱一事,西晋张勃《吴录》(《初学记》六引)[1]、东晋裴渊《广州记》(《后汉书·马援传》注引)[2]、俞益期《交州笺》[3]、佚名《林邑记》(均《水经·温水注》引)[4]等书,皆著明其事。伏波有"平息变乱"之意。[5] 因此,伏波是平乱英雄的意象,铜柱是南方疆界、守边、抗敌的意象。如:明韩雍《赠赵征夷凯还京师》"从兹两广正疆界,马援铜柱翻成空",明顾璘《送陈子文赴广西》"从来远地多名宦,铜柱犹闻颂马援",明王渐逵《送王檗谷之西瓯》"莫言铜柱由来久,马援勋名在中兴",明郑学醇《后汉书十五首·其二·马援》"遥天跕跕堕飞鸢,铜柱高标瘴海边",明何其伟《吴明府大阅营兵》"威加海外标铜柱,何但当年马援劳",清末至民国殷葆诚《马援》"生前铜柱标,死后明珠谤。如何老伏波,不画云台上",民国初台湾著名爱国史学家、诗人连横《咏史一百三十首·其八十·马援》"马革裹我尸,男儿好死时。天南铜柱折,谁耀汉家威"[6]。铜柱、马援、伏波、马革裹尸、飞鸢、明珠谤等出自马援的典故在诗中总是如影随形。

---

[1] 徐坚.初学记[M].北京:中华书局,1962:117.
[2] 范晔.后汉书[M].北京:中华书局,1998:442.
[3] 李昉.李穆,徐铉,等.太平御览[M].上海:上海书店,1985:909.
[4] 郦道元.水经注全译:下册[M].陈桥驿,叶光庭,叶杨,译.贵阳:贵州人民出版社,2008:1236.
[5] 罗竹风.汉语大词典:第七卷[Z].上海:汉语大词典出版社,1993:1183.
[6] 厦门市博物馆.厦门市博物馆藏品集粹[M].北京:文物出版社,2007:261.

马援铜柱也是交趾一带环境描写的组成部分。清甘汝来以《铜柱》为题作诗一首,中有"距关一舍分茅岭,汉家铜柱高岩崿"。再如:明末清初屈大均《送沙子雨往安南》"摩挲铜柱古斑驳,伏波血汗馀苔文",杜甫《诸将五首·其四》"回首扶桑铜柱标,冥冥氛祲未全销",元傅若金《桂林喜吕仲实佥宪至》"岭南瘴雨开铜柱,江上春云逐绣衣",元宋沂《送傅与砺佐使安南》"瑶池天阔龙光漏,铜柱云低蜃气收",清屠寄《又愁·其三》"天边野火烧铜柱,海上浮云接贝宫",清丘逢甲《寄兰史晓沧菽园》"只见螺舟来海外,未容马柱表交南"。

明胡俨题《赵尚书奉使安南卷》"岂假橐金传后胤,直标铜柱继前修",以马援铜柱意象作为道德的导向。

清王士禛《送杨鄂州职方奉诏安南》:"此去乌蛮过铜柱,曾是伏波用兵处。即看金马献彤庭,不用飞鸢愁毒雾。"可见马援事典鼓励了不少后人。但是,如果今不如昔,国土无人能保,那么铜柱又尤其成为人们哀叹的对象,或者引起人们无限的惆怅。如明末清初欧必元《乌蛮滩谒马伏波公祠用王都督壁上韵》:

乌石滩头上溯滩,崖前风雨谒荒祠。
愁看浪泊飞鸢地,不见楼船下越时。
象郡旧开秦日月,马侯曾肃汉官仪。
舆图尚写交州部,铜柱徒增异域悲(铜柱今在交南,非吾土已)。
烟锁断林吹不散,舟从乱石晚难移。
千秋为想麒麟阁,何似居人伏腊思。

还有如清王士禛《漫兴十首·其八》:"铜柱无消息,交州竟陆沉。"元陈孚《安南即事》"铁船波影见,铜柱土痕枯",作者自注道:"马援征徵侧,造铁船四只沈于海,今水清犹彷佛可见。铜柱,援所立也,在乾地铺,其刻有云:铜柱折,交人灭。今陈日烜[1]以土埋之,上建伏波祠。"

其他与马援铜柱相提并论的,在下列诗词中可见一斑。较常见的是班超之典。如南宋蔡戡《东归喜而有作》"空惭马援标铜柱,自分班超老玉关",元刘时中《雁儿落过得胜令·送别》"马援标铜柱,班超指玉关",明王穉登《海夷八首(嘉靖甲寅)·其七》"铜柱未曾标马援,玉门早已入班超",明黎崇敕《答童大将军》"自怜马援标铜柱,长笑班超入玉门",明史谨《送布政李昌祺之广西》"要陪马援题铜柱,肯学班超厌玉关"。还有较常见的是马援与赵陀的并列,两人都是岭南名将。如:明邓林《章亚卿徐通政奉使交阯还次钱塘会于公馆赋诗赠之三首·其二》"马援镇蛮摽柱日,赵陀朝汉筑台时",清陈廷敬《送赵玉藻编修典试东粤》"马援柱边铜鼓暗,尉佗城下燧烟青"。还涉及很多其他历史上出征、出使或远行的功臣、名将、文人、名士,包括失意和得意的。如晚清吴仰贤《金殿》"铜柱马援置,铜鼓武侯勒"。

南宋时期"汉臣南征"故事的元素开始掺入对铜鼓的叙说中,遂始有"武侯赐鼓""伏波遗鼓"之说见于史载;此后"赐鼓"的细节愈加丰满。[2] 王象之《舆地纪胜》"钦州"条记载:"(钦州铜鼓),古蛮人所用,钦州村落土中,时有掘得者。相传云马伏波所余,又云乃诸葛武侯征蛮之具。"[3]朱国桢《涌幢小品》:"凡破蛮必称获诸葛铜鼓,有多至数十面者,此必诸葛倡之,后人仿式而造。"[4]徐霞客《粤西游日记三》:"铜鼓在郡城内城隍庙,为马伏波遗物,声如吼虎,而状甚异,闻制府各道亦有一二,皆得之地中者。土人甚重之,间有掘得,价易百牛。"[5]朱彝尊《铜鼓·跋》:"伏波将军平交趾,诸葛丞相渡泸,始铸铜为鼓。蜀则凡鼓

---

[1] 陈晃:?—1290年,又名陈日烜或陈威晃,越南陈朝的第二代君主,开国君主陈太宗的长子。
[2] 安琪.中国南方"汉臣赐鼓"传说的成因及流变考[C].人类学高级论坛秘书处会议论文集,2012-10:280-290.
[3] 王象之.舆地纪胜[M].李勇先,点校.成都:四川大学出版社,2005:765.
[4] 转引自:中国古代铜鼓研究所.中国古代铜鼓[M].北京:文物出版社,1988:17.
[5] 徐弘祖.徐霞客游记校注:上[M].朱惠荣,校注.昆明:云南人民出版社,1999:507.

悉称孔明所遗,苗民得此,雄视一方。"[1] 余上泗《蛮峒竹枝词》:"掘地偶逢先代物,须知此事已朦胧。直传诸葛行营在,铜鼓千年出土中。"[2] 乾隆十四年(1749)《西清古鉴》卷三七收录铜鼓图,记云:"此器今世多谓之诸葛鼓,盖武侯渡泸后所铸。然考马伏波平交趾,亦铸铜为鼓,则先诸葛有之……大抵两川所处,为诸葛遗制,而流传于百粤群峒者,则皆伏波为之"。[3] 马援在西南之名与诸葛亮不相上下。元智熙善《安南喜雨》"杨仆[4]楼船何用入,马援铜柱不须标",杨仆击南越有功,封将梁侯。明韩雍《赵总戎和前作见赠再次韵奉酬》"马援须标铜柱功,晋公[5]岂纵淮西贼",晋公兴役筑古渭寨。明周瑛《香炉山怀古和祁使君韵》"马援标铜柱,窦宪勒燕然",其中"窦宪勒燕然"典出《后汉书》卷二十三《窦融列传·窦宪》。东汉大将窦宪追击北匈奴,出塞三千余里,至燕然山刻石记功。清田雯《咏史·其四》"功侔马援边陲柱,死作睢阳战地尘",唐睢阳(今河南商丘南)保卫战中张巡、许远等一批唐朝的将领、官员在缺兵少粮的恶劣条件下,坚守城池十多个月,有效地阻遏了叛军,为朝廷平叛争取了宝贵的时间。马援与各色战将同列光荣榜。明末清初屈大均《廉州杂诗·其五》则有"铜鼓交蛮器,金标汉将勋"。

明王渐逵《送陶瑞之使交》"标柱昔曾归马援,谕文今已得相如",后者典出《史记·司马相如列传》:汉鄱阳令唐蒙奉命赴夜郎,途中,"发军

---

[1] 桂馥.滇游续笔[M]//方国瑜.云南史料丛刊:第十一卷.昆明:云南大学出版社,2001:83.
[2] 余上泗.蛮峒竹枝词[M]//黔西县政协文史组县志编委办公室.水西文史资料:第2辑,1983:22.
[3] 梁诗正.西清古鉴:卷三十七[M]//永瑢,纪昀,等.钦定四库全书.上海:上海古籍出版社,2003:24b.
[4] 杨仆:元鼎五年,拜楼船将军,击南越有功,封将梁侯。元鼎六年,帝责其恃前功而骄,使击东越以赎过。元封二年与荀彘俱击朝鲜,屡失进战约期,且亡失多,为彘所缚。还,赎为庶人。见:张㧑之,沈起炜.中国历代人名大辞典:上册[Z].上海:上海古籍出版社,1999:838.
[5] 晋公:范祥,字晋公。宋皇祐五年,权领秦州事,兴役筑古渭寨,招致青唐诸羌反抗,兵败,降知唐州。嘉祐三年,复总领盐事。见:张㧑之,沈起炜.中国历代人名大辞典:上册[Z].上海:上海古籍出版社,1999:1425-1426.

兴制,惊惧子弟,忧患长老,郡又擅为转粟运输",武帝乃使司马相如责唐蒙,并草檄"喻告巴蜀民以非上意"。

明《还魂记》:"惟思马援,习遗经戒子勤读。题柱相如当路过",其中"题柱相如"典出《华阳国志·蜀志》:"司马相如初入长安,题市门曰:'不乘赤车驷马,不过汝下也。'"明谢承举《送戈用周回滇五绝句·其五》"含悲吊屈平,壮心怀马援。香芷生沧洲,铜柱倚荒甸",马援与屈原都是诗人眼中的伟人,铜柱与香芷、荒甸与沧洲,也都被赋予了审美内涵。明李梦阳《得何子过湖南消息》"马援留铜柱,王褒[1]祀碧鸡",宣帝使王褒往益州求金马碧鸡之宝,王褒死在路上,与马援一样同为出师未捷身先死的忠臣。明田登《刘尧夫宪副升广东大参》"马援铜柱风声远,陆贾新书计虑长","陆贾新书"指的是陆贾为汉高帝"粗述存亡之征,凡著十二篇…号其书曰《新语》"[2]。明皇甫汸《南粤行》"马援功期勒铜柱,捐之[3]议寝弃珠崖",即捐之谏汉元帝不击珠崖。明王弘诲《题节侠奇游送马惟湜太学还金陵》"自昔南游有马迁,雄文奇节凌苍旻。亦有征南称马援,铜柱高标岭海传",将马援与司马迁比肩。清王士禛《送孙予立编修周星公礼部奉使安南二十四韵》"铜柱怀新息,丹砂访稚川","稚川"是晋葛洪字。也就是说,新息侯马援与晋朝得道高人葛洪是人们在这片土地上一遍遍传颂的超凡之人。明末清初龚鼎孳《秋岳出领粤东左藩赋送八首·其四》"铜柱功名归马援,金门寂寞守杨雄",《汉书·扬雄传》载:汉朝扬雄校书天禄阁,后受他人牵累,以为要入狱,于是坠阁自杀,未遂。当时京师纷纷传语:"惟寂寞,自投阁。"扬雄《解

---

[1] 王褒:《汉书·郊祀志下》:"或言益州有金马碧鸡之神,可醮祭而致,于是遣谏大夫王褒使持节而求之。"《汉书·王褒传》:"后方士言益州有金马碧鸡之宝,可祭祀致也,宣帝使褒往祀焉,褒于道病死,上闵惜之。"

[2] 见《史记·郦生陆贾列传》。

[3] 捐之:贾谊曾孙。元帝初即位,上疏言得失,召待诏金马门。珠涯反,帝与有司议发兵,捐之以为不当击,帝从之。数召见,言多采纳。见:张㧑之,沈起炜.中国历代人名大辞典:上册[Z].上海:上海古籍出版社,1999:872.

嘲》有"惟寂惟寞,守德之宅"语,京师人以其言取笑他。[1] 清初释今无《与张总戎登虎头门望海·其二》"马援自古夸铜柱,懒瓒那知恋玉珂",懒瓒是元代画家、诗人倪瓒曾用过的署名。[2] 玉珂原为马络头上的装饰物,多为玉制,也指高官显贵。清卫既齐《登宣武门楼有感》"柱标马援功名薄,书著虞卿岁月长",《史记》卷七十六《虞卿列传》:"虞卿既以魏齐之故,不重万户侯卿相之印,与魏齐间行,卒去赵,困于梁。魏齐已死,不得意,乃著书。……凡八篇。以刺讥国家得失,世传之曰《虞氏春秋》。"后多以"虞卿著书"比喻不得意。

清末民初许南英《成德桥成公善领事拟于冬日涓吉落之感而成诗见示敬和原韵》:"马援铜柱铭勋远,羊祜穹碑坠泪多!"羊祜是西晋时期杰出的战略家、政治家、文学家。《晋书》卷三十四《羊祜传》:"祜所著文章及为《老子传》并行于世。襄阳百姓于岘山祜平生游憩之所建碑立庙,岁时飨祭焉。望其碑者莫不流涕,杜预因名为堕泪碑。"直到现当代,成惕轩《代挽戴将军安澜》把现代的英烈比作是马援:

此役自马援南征而后,足令铜柱增光,天声扬大汉威灵,古有名将,今有名将;

问谁挫虾夷西犯之锋,直向铁关鏖战,热血为神州挥洒,成亦英雄,败亦英雄。

(四) 薏苡之谤

薏苡是一种草本植物,其果仁叫薏米[3]。《后汉书·马援列传》

---

[1] 赵应铎. 中国典故大辞典[Z]. 上海:上海辞书出版社,2012:1093.
[2] 卞永誉. 书画汇考:卷五十[M]//永瑢,纪昀,等. 钦定四库全书. 上海:上海古籍出版社,2003:18b.
[3] 中国社会科学院语言研究所词典编辑室. 现代汉语小词典[Z]. 北京:商务印书馆,1980:653.

载:"初,援在交阯,常饵薏苡实,用能轻身省欲,以胜瘴气。南方薏苡实大,援欲以为种,军还,载之一车。时人以为南土珍怪,权贵皆望之。援时方有宠,故莫以闻。及卒后,有上书谮之者,以为前所载还,皆明珠文犀。马武与于陵侯侯昱等皆以章言其状,帝益怒。"后遂以"薏苡之谤"比喻被人诬谄,蒙受冤屈。如唐陈子昂《题居延古城赠乔十二知之》诗:"桂枝芳欲晚,薏苡谤谁明。"唐杜甫《寄李十二白二十韵》:"稻粱求未足,薏苡谤何频。"除了"薏苡之谤",具有相同意思的意象还有"伏波薏苡",如清黄鷟来《行路难》诗:"伏波薏苡生谗言,青蝇营营变白黑。""明珠薏苡"或"薏苡明珠",如明贝琼《送杨九思赴广西都尉经历》诗:"明珠薏苡无人辨,行李归来莫厌穷。"清朱彝尊《酬洪昇》诗:"梧桐夜雨词凄绝,薏苡明珠谤偶然。""珍珠薏苡""薏苡明珠""薏苡珠犀"和"马援珠",如清唐孙华《述悲》诗之二:"白璧苍蝇遭点污,珍珠薏苡未分明。"明姚夔《和钱学士韵》之二:"行边剩有陈孚稿,囊里应无马援珠。""薏苡之嫌",如明张自烈《上南大司成姜公书》:"《下里》之曲,未奏元音;薏苡之嫌,徒烦敝舌。""薏苡冤"或"明珠怨",如唐胡曾《铜柱》诗:"功成自合分茅土,何事翻衔薏苡冤。"清王夫之《杨殿撰慎》诗:"伏波未洗明珠怨,莫诧中朝有建威。""新息谤",如宋一鸿《和又生感事》:"薏苡忽来新息谤,萍根重上仲宣楼。""薏苡谗",如白居易《得微之到官后备知通州之事怅然有感因成四章·其三》"侏儒饱笑东方朔,薏苡谗忧马伏波。"清李渔《玉搔头·拾愁》:"忠能格主,不蒙薏苡之谗;功每先人,曾最麒麟之强。""薏苡诬",如清蒲松龄《阮亭先生思归二十四韵》:"胡乃魇裘谤,忽成薏苡诬。""薏苡兴谤",如南朝梁任昉《为范尚书让吏部封侯第一表》:"分虎出守,以囊被见嗤;持斧作牧,以薏苡兴谤。""遭薏苡",如宋苏轼《和王巩六首并次韵》之五:"巧语屡曾遭薏苡,瘦词聊复托芎劳。"宋孙觌《到象州寓行衙太守陈容德携酒见过》诗:"未省谗言遭薏苡,直将空腹傲槟榔。""珠薏",如清丘逢甲《寄怀维卿师桂林》诗之二:

"鼍愤龙愁战气昏,东来应有未招魂……珠薏馀生安下泽,金瓯全局哭中原。"[1]

苏轼《小圃五咏·其五·薏苡》"伏波饭薏苡,御瘴传神良。能除五溪毒,不救谗言伤",宋朱翌的"客来切勿令观此,薏苡犹能困伏波",明李时行《感咏二十首·其十二》"马援南征返,薏苡冤莫雪",明李梦阳《薏苡行赠王氏》"南征马援还东都,人言满载皆明珠,以及其他诗人的"君不见马伏波,后车薏苡珠玑多""伏波南来自交趾,可笑汗牛推薏苡"等,都替马援被屈一事鸣不平。清末至民国殷葆诚《马援》"生前铜柱标,死后明珠谤",晚清林朝崧《马援·其二》"竟逢长者家儿怒,身后珍珠谤不停",一写马援,就必会提及"明珠薏苡"。

中唐权德舆《送安南裴都护》"归时无所欲,薏苡或烦君",也暗指此事。北宋梅尧臣《和石昌言学士官舍十题·其三·薏苡》"叶如华黍实如珠,移种官庭特葱茜。但蠲病渴付相如,勿恤谤言归马援",题为薏苡,终以马援之冤。交州的薏苡,让我们联想到"鲧妇女嬉无意中吞下薏苡,然后怀孕生下夏禹",[2]以及"薏苡是夏氏族的图腾。薏苡是禹氏族的图腾"[3]的可能性较小,而联想到"薏苡之谤"的可能性更大。也就是说,交州的薏苡具有了特定语境下新的文化涵义。

"薏苡之谤"意象也常与其他意象并列,表现更丰富的思想内涵。如明王绂《送张知县邦达》"薏苡曾为马援珠,归囊肯带包公砚",元末明初张昱《题简橡辨诬卷后》"美玉累卞和,明珠诬马援",清末陈肇兴《揀中感事·其十二》"南海薏珠悲马援,中原旌旆望廉颇",清末至民国赵清源《上金石珊明府·其一》"纵使马援诬薏苡,更期冯异[4]奋桑榆"。

---

[1] 赵应铎.中国典故大辞典[Z].上海:上海辞书出版社,2012:1136.
[2] 王增永.华夏文化源流考[M].北京:中国社会科学出版社,2005:106.
[3] 王增永.华夏文化源流考[M].北京:中国社会科学出版社,2005:106.
[4] 见《后汉书·冯异传》。冯异,通《左氏春秋》《孙子兵法》。新莽末归刘秀,为主簿,从破王郎,平河北。为人谦退不伐,每所止舍,诸将并坐论功,异退处树下,军中号"大树将军"。刘秀即帝位,封阳夏侯。任征西大将军,击败赤眉军于崤底。后攻公孙述、隗嚣,卒于军,谥曰节侯。

(五)马革裹尸

"马革裹尸""伏波聚米"都出自《后汉书·马援列传》。马援对孟冀说:"男儿要当死于边野,以马革裹尸还葬耳,何能卧床上在儿女子手中邪?"又据《后汉书·马援传》:"援因说隗嚣将帅有土崩之埶,兵进有必破之状。又于帝前聚米为山谷,指画形埶,开示众军所从道径往来,分析曲折,昭然可晓。"这两个典故都没有北部湾地域属性,但是在有的古诗中因为与马援息息相关,所以也会涉及北部湾地域。

南宋黄伯枢《读马援传》:

后车薏苡落谗人,珠贝文犀竟失真。
马革裹尸犹不恨,何须胜瘴与轻身。

南宋乐雷发《昭陵渡马伏波庙》:

功名要结后人知,马革何妨死裹尸。
汉帝可能疑薏苡,湘民却解荐江蓠。
纸钱撩乱巫分胙,粉壁阑斑客写诗。
堕水跕鸢无处问,滩头斜照晒鸬鹚。

元末明初刘基《苦热行》其二:

忆昔伏波南伐时,穿岸为宫避炎气。
青草茫茫起瘴烟,吹虫含沙总堪畏。
人生惜死非男儿,但有马革可裹尸,武陵之曲何伤悲!

明袁昌祚《过乌蛮伏波庙》：

中兴诸将应星辰,勋业元堪绘老臣。
一以青宫归窈窕,遂令黄阁罢麒麟。
茅分岭外关河定,米聚榻前洞壑真。
不为轻身餐薏苡,何能矍铄任风尘。

明末清初殷岳《读史·其十五》：

伏波天下士,遨游而择主。
真人崛东方,阔达符高祖。
既见一乃心,披帷筹二虏。
聚米为山谷,指画同目睹。
八区寻大定,奇坊勒铜柱。

清顾鉴《伏波庙》：

逆莽乘权窃神器,龙蛇战野天日蔽。
雄也作颂歆也臣,读书万卷纲常昧。
是时伏波伏草莽,怀才欲试空无计。
子阳隗嚣俱僭窃,纷纷割据皆称帝。
公时遨游蜀陇间,足履其庭心窃议。
世乱时危汉鼎移,回翔审顾难为地。
白水真人起南阳,苍生有托神明契。
英雄一见决先几,从此委身心不二。
始知帝王自有真,区区边幅徒滋伪。
聚米陈筹指掌中,中兴戡乱归睥睨。
风云遭际亦偶然,独具巨眼乘时会。

赤符应谶大创平,炎炎火德中天继。
徵侧披猖又寇边,一麾再扫交州氛。
至今铜柱标南服,当日明珠谗苡薏。
只此已足表旂常,胡为雄心犹奋励。
七十霜髯再据鞍,五溪南触蛮荒厉。
马革岂真求夙愿,久要竟堕斯言泪。
清浪滩头金碧辉,灵旗风卷彤云翳。
鹧鸪不呼神鸦翔,洪涛汹汹余战气。
舟师估舶尽解帆,巴童作舞楚巫祭。
试问云台何处问遗踪,公之英灵犹利济。

（六）天涯海角

钦州曾有天涯之称。广西"天涯海角"的得名,是因为"钦州有天涯亭,廉州（合浦）有海角亭"。钦州天涯亭有人说是余靖（1000—1064）统制两广时所建,有人说是宋仁宗庆历年间（1041—1048）知州陶弼（1015—1078）所建,清人有"廉州既称海之角,钦州旋说天之涯"的说法。[1]《岭外代答》的"天涯海角"篇记述如下：

钦州有天涯亭,廉州有海角亭,二郡盖南辕穷途也。……斯亭并城之东,地势颇高。下临大江,可以观览。昔余襄公[2]守钦,为直钩轩于亭之东偏,即江滨之三石,命曰钓石、醉石、卧石。富为吟咏,载在篇什。[3]

---

[1] 广东地方史志办.广东历代方志集成：廉州府部（五）[M].岭南美术出版社.2009:59,247.
[2] 此处余襄公即北宋余靖,他在嘉祐年间任广西体量安抚使,但并没有"守钦",只是"曾莅刑临钦州"。
[3] 周去非.岭外代答校注[M].杨武泉,校注.北京：中华书局,1999:38-39.

天涯亭和海角亭令周去非在钦州生出"南辕穷途"的感慨,清朝董绍美在《重建天涯亭》中也说:"钦地南临大洋,西接交趾,去京师万里,故以天涯名,与合浦之称为海角者一也。"[1]二人都毫不迟疑地以中原为坐标,以北部湾为偏远之地,而心生惆怅。不过,周去非追想三石得名源于北宋诗人陶弼的三首诗,还是很趣味盎然的。[2] 陶弼的代表作《天涯亭》《三海岩》《五湖》(五首)等,以及清乾隆冯敏昌的山水草木诗文对钦州山水诗意形象的描写,使我们看到文人在偏远的钦州生活得倒也闲适惬意。

钦州"天涯亭"与廉州"海角亭"建成后,历代多有吟咏,其中以表达他乡异客离愁别绪的居多。如宋知州陶弼《天涯亭》:"雨色丝丝风色娇,天涯亭上觉魂消。一家生意付秋瘴,万里归心随暮潮。兵送远人还海界,吏申迁客入津桥。山公对此聊酣饮,怕见醒来两鬓凋"。[3] 之后,自宋至清,以《天涯亭》为题创作的诗歌还有多首。明人王世守的绝句《天涯亭》:"江上孤亭落日间,白云缥缈水潺潺。凭虚不见峨眉月,为阻天涯万重山。"[4]明翁溥的《天涯亭》:"孤亭渺渺郡城西,万里登临思欲迷。海上暮云长漠漠,天边春草远萋萋。珠崖氛祲依山积,铜柱风烟向晚低。怅望凭阑春欲尽,伏波祠下鹧鸪啼。"[5]还有钦州本地壮族大儒冯敏昌的《天涯亭》:"不信愁边天有涯,茫茫飞日但西斜。诗词易起流亡怨,肝胆难为楚越夸。山外几黄茅岭瘴,亭前空白佛桑花。儿童不踏长安陌,莫到长安更忆家。"[6]其中都表现出一种愁情怅意。此外,在传统的中国文化中,亭一般也寄托了依依不舍的情感。如陶弼的"遥望天

---

[1] 广东地方史志办.广东历代方志集成:廉州府部(五)[M].岭南美术出版社.2009:230.
[2] 三石其实得名于北宋钦州知州陶弼的三首诗:《吟石》《钓石》《醉石》。参见:周去非.岭外代答校注[M].杨武泉校注.北京:中华书局,1999:39.
[3] 北大古文献研究所.全宋诗:卷三六六[M].北京:北京大学出版社,1991.
[4] 广东地方史志办.广东历代方志集成:廉州府部(五)[M].岭南美术出版社.2009:244.
[5] 广东地方史志办.广东历代方志集成:廉州府部(五)[M].岭南美术出版社,2009:242.
[6] 杨年丰.小罗浮草堂诗钞校注[D].南宁:广西大学,2006:56.

涯亭,相逢不相识"[1],明朝林鸿的"天涯亭上应相见,为报平安尺素书"[2],清戴亨的"天涯亭上征鸿断,梦觉关头夜月明"。

明徐圭的《天涯亭》除了照例"北望"之外,开始把目光投向当地民众,描写当地人民的日常生活:

> 西风吹暮动羁情,目断天涯万里程。
> 恋阙有怀劳北望,远彝无警罢南征。
> 海涛不见千寻浪,鸡犬常闻四五声。
> 莫讶边民生计薄,家家新酿乐秋成。[3]

林希元的《天涯亭》也没有过多的伤感之情,描写景色之余,追思马援的伟大:

> 平生梦不到天涯,此日登亭独举杯。
> 二水洲分鱼鹭出,千峰帘卷画屏开。
> 圣朝冠盖从兹尽,交趾王租久不来。
> 铜柱功名夸汉将,百年落落愧凡才。[4]

王清的《天涯亭》则借马援的事迹鼓舞自己,表达出一种豪迈之情:

> 独上危楼双眼豁,西风吹动五花袍。
> 天低古戍来山色,地尽穷荒见海涛。
> 画角一声斜日落,朱帘半卷白云高。
> 伏波事业知难继,慷慨长歌出宝刀。[5]

---

[1] 北大古文献研究所.全宋诗:卷366[M].北京:北京大学出版社,1991.
[2] 林鸿.鸣盛集:卷三[M]//永瑢,纪昀,等.钦定四库全书.上海:上海古籍出版社,2003:8b.
[3] 广东地方史志办.广东历代方志集成:廉州府部(五)[M].岭南美术出版社,2009:242.
[4] 广东地方史志办.广东历代方志集成:廉州府部(五)[M].岭南美术出版社,2009:242.
[5] 广东地方史志办.广东历代方志集成:廉州府部(五)[M].岭南美术出版社,2009:242.

宋无名氏的《句》"天涯亭下有龙窟,林冶山头出碎金"[1]吟出当地文人满满的自豪感。同属宋代的乐雷发《送广州刘叔治倅钦州兼守事》更是豪情万丈:

> 天涯亭畔拥提屏,丹荔黄柑满去程。
> 皂盖却迎新别驾,碧幢应忆老先生。
> 象蹄印雨归蛮国,鲸鬣掀潮撼海城。
> 曾是乡贤分守处,试寻醉石共题名。[2]

后人关于天涯亭、海角亭的描写也有"万里离情上此亭"[3]"怀乡思里,凄凄切切者"[4],但更多的仍是水月风骚,士大夫闲情逸致之意甚浓。其中有见景生情、景情并茂者,如明人王世守的《天涯亭》,但明人诗文中已不乏情附于景、景重于情者,如陈崇庆《海角亭》诗:

> 习闻海角共天涯,此日登临望转赊。
> 青草寒潮迷极浦,苍山斜日拥晴沙。
> 梦回江上三秋雁,笑对尊前二月花。
> 愧我南冠归计拙,逢人空自说还家。[5]

明林恕《同蒋蒙庵朱豹崖登合浦海角寺》

> 共是天南客,相携海角行。
> 山连铜柱界,水汇越裳城。

---

[1] 北大古文献研究所.全宋诗:卷四三一[M].北京:北京大学出版社,1991.
[2] 北大古文献研究所.全宋诗:卷一四八[M].北京:北京大学出版社,1991.
[3] 广东地方史志办.广东历代方志集成:廉州府部(五)[M].岭南美术出版社.2009:242.
[4] 亭榭.钦州.天涯亭[M]//钦州志(嘉靖):卷七.上海:上海古籍书店,1961.
[5] 远山.海角亭[N].深圳特区报,1984-10-17(4).

第二章　古诗中的北部湾地域意象

> 落日潮声起，高秋蜃气清。
> 故乡回首望，归雁断南征。

到了清代，就出现纯粹写景状物的名篇了，如董绍美的《天涯亭》：

> 斗大山城一览收，人烟寥廓鸟啾啾。
> 钟声远度鸿飞渚，海气朝吞雉堞楼。
> 贞女墓存高岭上，名贤祠对大江头。
> 公余赢得亭中憩，惟见渔船下钓钩。[1]

除了诗歌，明人陶禹范的《天涯亭记》刻意描写了天涯亭景区四季的各色景致，并对天涯亭附近的各种自然和人文景观做了一次全方位的扫描。与此同时，见景生情，抒发了作者"怀乡思里""爱国忠君""雪心泽民"的朴素思想。[2] 清代钮琇所作笔记体小说《觚剩·卷七·粤觚上》有"天涯亭"故事如下：

> 番禺黎方潞，字台引，甲午省试，谒文昌于桂香宫而占焉，得"萧然流落在天涯"之句，意甚怏怏。及榜发有名，窃谓神语无验。比下第归，道经山东，行李悉为贼掠，萧然一身。又十余年，得廉州府钦州学正，入境仰首，忽见天涯亭，暗忆前占，始信数皆预定，而中心益怀隐忧。未几，尚藩谋叛，以从逆失职，流落而终。[3]

这故事，将一个跌宕的人生与天涯亭联系在一起，恐怕是因为天涯这个名称，令人生怅惘、怀隐忧。

---

[1] 广东地方史志办. 广东历代方志集成：廉州府部（五）[M]. 岭南美术出版社. 2009：246-247.
[2] 尹国蔚. 广西"天涯海角"文学概说[J]. 岭南文史，2007(03)：36-40.
[3] 卷七：粤觚上[M]//钮琇. 觚賸. 临野堂藏版，清康熙四十一年（1702）：3b-4a.

第三章　北部湾地域意象的组合及生成的内涵

本章梳理诗歌文本中地域意象发展的脉络，探索地域意象在诗歌创作中的生成过程，提出在诗歌中地域意象形成的过程最为常见的是：与其他意象的组合使用。

一首诗，往往是一组独特的意象系统，它多是经过诗人精心的组合，使诗歌在整体上获得魅力。毕竟，一个单独的意象无论如何富有表现力，其表达的容量总是有限的。因此，诗人在一定审美情思下经常采用意象组合的方法以融合主观情感与客体，但意象的组合并非随意，多是将色调或意趣相近或相同的意象组合，以达到同向强化的目的，且不会给人重复的感受，既可以提高诗歌本身的境界，也能增强诗的文化内涵。

一、北部湾地域意象的组合方式

由上述的种种例子可知，古诗中北部湾的地域意象大都是和其他意象产生组合，而诗意的生成增殖，解不尽的艺术魅力，取决于意象的最佳组合。关于意象的组合方式或结构，学者们各有不同意见，如陈植锷就将古诗的意象组合方式分为五大类，即并置、脱节、叠加、相交、幅合，同时每一大类又分为若干小类[1]；丁芒则分为递进式意象组合、复叠式意象组合、交替式意象组合、并列式意象组合、对比式意象组合、辐射式和辐辏式意象组合六种[2]；赵炎秋和毛宣国则将其分为平行式意象结构、递进式意象结构、重叠式意象结构、辐射式意象结构、向心式意象结构、

---

[1] 高晨阳.中国传统思维方式研究[M].济南：山东大学出版社，1994：78-86.
[2] 丁芒.意象组合方式种种[C]//中华诗词年鉴(三).上海：学林出版社，1992：253-257.

复现式意象结构和对比式意象结构七种[1]。大体而言,古诗中北部湾地域意象与其他意象的组合方式主要有下列三种:

(一)并列式意象组合

所谓并列式意象组合,就是两个或两个以上的同等意象——它们的关系是相互并列的,而不是互为包容的——凭借想象力而组合起来的并置。首先是单个意象要由想象开掘出来,然后,要由想象力来完成不同意象的有机并置。如此,才能形成一个"组合"。这个组合,即是一个有机的意象体,它一经组成,其内涵就大大超出了单个意象的简单总和,故能开掘出无限丰富的艺术境象。[2] 比如,同样是合浦还珠的典故,它与不同的典故组合,会产生不一样的内涵。"合浦无明珠,龙洲无木奴","乳到零陵竭,珠辞合浦行",皆讽刺官吏贪求。"为映吴梅福,回看汉孟尝",因为前者为西汉末年梅福隐吴之典,所以"回看汉孟尝"也有了吊怀古人之意。"甘雨随车,云低轻重之盖;还珠合浦,波含远近之星"则是赞美廉吏代表东汉百里嵩[3]和孟尝。"醇醪共饮思公瑾,薏苡何伤谤伏波"出自晚清杨浚的《赠吴霁轩军门光亮》,前句用的是"公瑾醇醪"之典。《三国志·周瑜传》裴松之引《江表传》云:"普颇以年长,数凌侮瑜。瑜折节容下,终不与校。普后自敬服而亲重之,乃告人曰:'与周公瑾交,若饮醇醪,不觉自醉。'时人以其谦让服人如此。"通过此典,"薏苡伏波"中"谤伏波"似乎少了几许怨愤。"延津宝剑看重会,合浦明珠喜再逢""珠还合浦,剑返延津""守义连城能返璧,神伤合浦未还珠"等通过把东汉珠还合浦的故事与晋时龙泉、太阿两剑在延津会合的故事,与战国完璧归赵的故事等进行有机并置,开掘出失而复得、分而重聚的情感内涵。

---

[1] 赵炎秋,毛宣国.文学理论教程[M].长沙:岳麓书社,2000:63-65.
[2] 龙超领.中国古典诗歌中的并列意象组合初探[J].广西师范大学学报(哲学社会科学版),1990(3):26-33.
[3] 见:《太平御览》卷十引三国吴谢承《后汉书》:"东汉百里嵩为徐州太守,境内旱,他所巡之处,甘雨随车而下。"

王世贞的"心随合浦能飞叶,句似罗浮寄远梅"通过使用"合浦飞叶"和"罗浮"意象,营造一种温情。

(二)对比式意象组合

所谓对比式意象组合,即两组高度提炼的典型意象组合,或互为对立,或互相映衬,产生鲜明的视觉效果,从而起到深化主题的作用。[1]如"心同合浦叶,命寄首阳薇",前一典故表思归心切,加上"首阳薇"典故就多了气节。"铜柱华封尽,昆池汉凿空",昆池即昆明池,汉武帝于长安近郊所凿。汉代以后昆明池逐渐废弃。到唐代后期,因缺乏维护逐渐干涸。宋代以后,被广阔的农田所取代[2]。这两句诗的意思是,铜柱的华丽外表已经脱尽,汉代凿的昆明池水尽池空。这一对比式意象组合表现了强烈的物是人非的惆怅之感。作者徐渭对该诗题目的自注:"时镇滇,汉凿昆池于长安,而将军亲见于滇,成一笑矣。"《汉书》卷六《武帝纪》:"发谪吏穿昆明池。"臣瓒注曰:"《西南夷传》有越巂、昆明国,有滇池,方三百里。汉使求身毒国,而为昆明所闭。今欲伐之,故作昆明池象之,以习水战,在长安西南,周回四十里。"从中可以看出作者对这些意象中英雄业绩的含义并不大以为然。"闻道烊江空抱珥,年来合浦自还珠"出自苏东坡《题冯通直明月湖诗后》,用了南诏西洱河(即古烊舸江)之典和合浦珠还之典。苏轼自注云:"南诏有西洱河,即古烊舸江也,河形似月抱珥故名。"[3]合浦还珠也呈现出了一幅美景,官吏贪婪的沉重、分而再聚的悲欢,都被淡化了。"交河骠骑幕,合浦伏波营"透露出强烈的功名意识。作者贺若弼在平陈时,与寿州总管源雄配合作战,因而写诗赠源雄:"交河骠骑幕,合浦伏波营;勿使麒麟上,无我二人名。"麒麟指汉宣帝所建麒麟阁,列功臣像于阁上。贺若弼以此激励自己和源雄,

---

[1] 吴晟.诗歌意象组合的几种主要方式[J].文艺理论研究,1997(06):28-34.
[2] 五、开凿昆明池 http://dfz.shaanxi.gov.cn/sqzlk/dqcs/dacswz/shaanxi/hwsdwhycjc/201706/t20170616_909171.html 2022-10-1.
[3] 转引自:艺文志编委会.艺文志:第二辑[M].太原:山西人民出版社,1983:39.

为国立功。[1]"零陵贪而乳尽,合浦清而蚌回""守义连城能返璧,神伤合浦未还珠"都是比较常见的组合。"戈船荣既薄,伏波赏亦微",诗人鲍照引用了戈船与伏波将军这两位历史人物,来讽刺吝于封赏属下的主人。"盛衰莫问萧京兆,壮老空悲马伏波",萧京兆指萧昊,唐天宝二年(743),官京兆伊,依附李林甫,后杨国忠得势,贬为汝阴太守,由盛至衰。[2] 作者分别用萧昊和马援抒发心中感慨。"宁为伏波死,不作李陵生",以马援的英勇抗敌反衬李陵的叛国投敌——当然,李陵有不得已的苦衷另当别论。"公旦金縢功罔刊,伏波铜柱师何壮""伏波惟愿裹尸还,定远何须生入关"都是借英雄伟业抒壮志情怀。"公旦金縢功罔刊"指的是周公辅佐文王、武王,"金縢"功绩不灭永传;"定远何须生入关"说的是班超的故事。东汉班超投笔从戎,平定西域少数民族贵族统治者的叛乱,封定远侯,居西域三十一年。后因年老请求调回,有"但愿生入玉门关"句。"菊引陶彭泽,鸢惊马伏波","彭泽"指的是晋代大诗人陶渊明,因为他曾当过彭泽县的县令,世称"陶彭泽";又因为他曾写过"采菊东篱下,悠然见南山","彭泽"又成了菊花的代称。可见高雅以陶渊明为典范,忠义则以马援为典范。"葛仙丹井未湮没,伏波铜柱徐峥嵘""铜柱从君泣堕鸢,鸥夷心事五湖船""侏儒饱笑东方朔,薏苡谗忧马伏波"将马援与晋朝道人葛洪、春秋越国名相范蠡和西汉辞赋家东方朔各色人等相互映衬,蔚为大观。"云台志节悲歌外,铜柱封疆醉眼中"出自陶弼的《三山亭》。云台,指的是汉宫台名,汉明帝命人绘东汉功臣二十八将像于此。作者开始写的是钦州一带的热闹生活,结尾却有英雄无用武之地的惆怅:"……云台志节悲歌外,铜柱封疆醉眼中。所惜溪头好崖石,只书诗句不书功。"[3]

---

[1] 杨金梅.隋代诗歌研究[M].北京:社会科学文献出版社,2011:17,155.
[2] 《遣兴五首·漆有用而割》杜甫唐诗赏析 http://www.xigutang.com/dufu/_qxws_qyyeg_dftssx_8155.html 2016-7-15.
[3] 李时人.古今山水名胜诗词辞典[Z].西安:陕西人民出版社,1991:257.

(三)递进式意象组合

递进式的组合意象之间就存在着时间、空间上的先后顺序,或存在意义上的层进、深入关系。[1] 可以指诗的意象采用顺移推进的方法,表现出一种层次的递进,带有较强的叙述性甚至情节性特点。除了以时间先后次序为承续关系,递进式意象结构还表现出非时间性的承续关系,而是情感逻辑上的承续关系。如"明珠归合浦,应逐使臣星"具有意义的层进。《后汉书·李郃传》:和帝即位,分遣使者,皆微服单行,各至州县,观采风谣。使者二人当到益部,投郃候舍。时夏夕露坐,郃因仰观,问曰:'二君发京师时,宁知朝廷遣二使邪?'二人默然,惊相视曰:'不闻也。'问何以知之。郃指星示云:"有二使星向益州分野,故知之耳。"后遂称使者为使星或使臣星。此指邢桂州。二句意谓,明珠当随邢的到任而复还,指邢到任后一定会为百姓造福。唐钱起《送韦信爱子归觐》中"借问还珠盈合浦,何如鲤也入庭闱"用了"合浦还珠"和"鲤庭"的典故,后者喻指晚辈受师长教育,更加凸显父子团聚的喜悦和传统父子关系的维护。苏轼《南乡子·赠行》:"旌旆满江湖。诏发楼船万舳舻。投笔将军因笑我,迂儒。帕首腰刀是丈夫。粉泪怨离居。喜子垂窗报捷书。试问伏波三万语,何如。一斛明珠换绿珠。"诗中伏波的意象是功绩赫赫而赢得无数赞誉的将军,然而结尾诗人又以绿珠的故事来反衬英雄的无奈。宋孙觌的"天教住世如金母,一笑迎还合浦珠",以西王母的意象"金母"和"还合浦珠"的意象,为洪内翰母夫人董氏作挽词,这是对生者的安慰。可见,递进式意象组合叙述性甚至情节性都较强,或者有情感逻辑上的承续关系。在"孤心合浦叶,远调峄阳桐"中,"合浦叶"之典与其他典故连用,产生意义的层进、深入,表达的内涵价值也得到了提升。

---

[1] 李晓明.纳兰性德诗词意象组合方式及其所呈现的美学风貌[J].理论月刊,2007(11):113-115.

二、北部湾地域意象组合生成的内涵

袁行霈从意象组合的角度指出,"对偶可以把不同时间和空间的意象组合在一起。不同时空的意象由于对偶的关系连接在一起,意象虽有跳跃,但并不突兀,这种组合方式打破了时空的限制,使诗人能在广阔的背景下自由地抒发感情"[1]。"打破时空的限制""在广阔的背景下自由地抒发感情",其实也可以理解为意义产生了偏离。前文所述的诗句很多都运用了比兴或是对偶手法,如:"枫叶朝飞向京洛,文鱼夜过历吴洲""明珠归合浦,应逐使臣星""铜柱华封尽,昆池汉凿空""心同合浦叶,命寄首阳薇""闻道牂江空抱珥,年来合浦自还珠""交河骠骑幕,合浦伏波营""为映吴梅福,回看汉孟尝""乳到零陵竭,珠辞合浦行""零陵贪而乳尽,合浦清而蚌回""延津宝剑看重会,合浦明珠喜再逢""珠还合浦,剑返延津""守义连城能返璧,神伤合浦未还珠""盛衰莫问萧京兆,壮老空悲马伏波""宁为伏波死,不作李陵生""菊引陶彭泽,鸢惊马伏波""公旦金縢功罔刊,伏波铜柱师何壮"。因此,一则我们可以欣赏到艺术联想之美,诗人的想象力之美;二则北部湾的地域意象与其他意象一起组合使用,另辟佳境。尤为重要的是,北部湾诗歌意象由此获得新的内蕴。诗歌意象的含蕴性、暗示性、丰富性、多义性以及由此而生成的韵外之致是文学大家们已阐释过的,如王廷相的阐释:"夫诗贵意象透莹,不喜事实黏著,古谓水中之月,镜中之影,可以目睹,难以实求是也。……言征实则寡馀味也,情直致而难动物也。故示以意象,使人思而咀之,感而契之,邈哉深矣,此诗之大致也"[2]。

北部湾地域意象组合被赋予的丰厚情感内蕴,首先是生命意识,主要是生命忧患意识。最典型的莫过于"心同合浦叶,命寄首阳薇""逐伴

---

[1] 袁行霈.中国诗歌艺术研究[M].北京:北京大学出版社,2009:60-61.
[2] 吴文治.明诗话全编[M].南京:江苏古籍出版社,1997:2047-2048.

谁怜合浦叶,思归岂食桂江鱼""盛衰莫问萧京兆,壮老空悲马伏波"等。其次是历史意识,诗歌往往借助山水景物或名胜古迹来表达强烈而深邃的历史意识,主要从历史兴亡、社会现实和个人际遇三方面展开。如"盛衰莫问萧京兆,壮老空悲马伏波""乳到零陵竭,珠辞合浦行""零陵贪而乳尽,合浦清而蚌回""莫教铜柱北,空说马将军""云台志节悲歌外,铜柱封疆醉眼中。所惜溪头好崖石,只书诗句不书功""交河骠骑幕,合浦伏波营。勿使麒麟上,无我二人名"等。再次是爱国情结,诗歌中的爱国情结主要体现在心系国家,歌颂英雄伟业,渴望英雄的出现,抵御外侮。如"盛衰莫问萧京兆,壮老空悲马伏波""宁为伏波死,不作李陵生""公旦金縢功罔刊,伏波铜柱师何壮""伏波惟愿裹尸还,定远何须生入关"等。最后是宇宙意识,这种意识大多是通过人与自然的相互呼应、相互感染表现出来的。如"领得卖珠钱,还归铜柱边""火山远照苍梧郡,铜柱高标碧海乡""境遥铜柱出,山险石门开""卷地风号云梦泽,黏天草映伏波祠""菊引陶彭泽,鸢惊马伏波""铜柱地荒云隔断,珠崖天尽雁飞回"等。

北部湾地域意象组合生成的内涵及其传承是需要历朝历代的诗人共同努力的。不管是贬谪诗人、宦游诗人,还是幕僚诗人,或者本土诗人,他们其实都有一种构建中华民族文化共同记忆的自觉。从北宋邹浩《观真珠花留戏陈莹中》"古观无人花自开,真珠颗颗映莓苔。留教合浦居士看,何似海边新蚌胎",到南宋刘克庄的《真珠花》,诗人们用合浦还珠、鲛人泣泪、伏波等与北部湾有关的典故,令一种原本普通的植物被赋予了厚重的历史文化内涵:

<blockquote>
匪地无人管,逢春作意开。
得非回合浦,又似下瑶台。
点点垂鲛泪,累累夺蚌胎。
主君休爱惜,曾累伏波来。
</blockquote>

无独有偶,元郭居敬的《敬百香诗·其四十二·真珠花》也用了合浦还珠、鲛人泣泪的意象来描述同一种植物——真珠花:"颗颗铺排翠叶光,春回合浦价难量。晓来三嗅花间露,犹带鲛人泣泪香。"真珠花或珍珠花非岭南特有植物,这几个诗人也并非是岭南人。邹浩是常州晋陵(今江苏常州)人,曾被贬昭州(今广西平乐),只是他的诗作是为曾被除名勒停送廉州编管的陈瓘即陈莹中所写。刘克庄来自福建莆田,曾到桂林担任广西经略使胡槻的幕僚,时间不到一年。郭居敬是漳州龙溪人,长期隐居乡里,以处士终。但是他们描写真珠花时都使用了合浦珍珠的比喻,甚至使用鲛人意象、伏波意象。

再看宋胡仲弓的《海月堂观涛》:

青天与海连,羲娥代吞吐。
封姨助馀威,阳侯倏起舞。
或奔千丈龙,或轰万叠鼓。
蓬弱此路通,祇界一斥卤。
浩浩无津涯,尾闾辟地户。
嬴女驱鲛人,献怪扶桑府。
琛球来百蛮,毗珠还合浦。

胡仲弓是福建泉州人,他所作的海边观月诗,很自然地使用羲娥、封姨、阳侯、蓬莱、弱水、尾闾、嬴女、鲛人等一系列的海洋意象,以及合浦还珠意象。元末明初海宁人胡奎《题兰亭流觞四绝为郑大尹赋·其四》直接把郑公之画比为玉佩和合浦珠:"郑公好画比琼琚……却从合浦得还珠。"元吉安人周巽《梅蕊》"色润蓝田玉,光浮合浦珠",沿用了李商隐的千古名句"沧海月明珠有泪,蓝田玉暖玉生烟"。

上述的例子说明,诗人们被北部湾意象唤起共同的生命体验,不约而同地以诗歌意象构建中华文化的共同记忆。不管是什么类型的诗人,首先普遍对中原文化有强烈的认同感,同时也下意识地糅进自己的本土文化意识。在中国历史的悠悠进程中,在中国文化的发展、丰富和完善过程中,人们提炼、创造、生产了许多与地域有关的词语、诗文和典故,来表达人们对一方水土爱恨情怨的复杂情感。探寻岭南、北部湾地区如何在诗词中生出意象,并带上鲜明的地域色彩和内涵,对于我们理解诗歌、理解诗人的情感、了解古典诗歌的发展过程等,无疑有着不可替代的意义。

第四章 本土及域外诗人作品中的意象探略

在研究岭南一带的古典诗歌时,鉴于历史事实,都要分出一类贬谪诗或流寓诗,进而探寻贬谪诗人复杂的生命体验,而他们对粤西地域文化的体验片面突出了其中的负面因素,对诗歌的意象、情感等有重要影响。之后出现了宦游诗人,以一定的文化策略对粤西地域文化进行干预和改造,其创作的基本特征是借咏粤西山川风物之美来写宦游生活之自足自乐,突出了粤西地域文化的正面因素。幕僚诗人则对粤西地域文化多采取较为客观、冷静的态度,这对他们的诗歌创作也有影响。本土诗人则普遍对中原文化有强烈的认同感,同时他们的本土文化意识也开始觉醒。[1] 因此本研究以北部湾本土诗人冯敏昌诗歌为例,分析其诗作中北部湾地域意象融入中华古典诗歌的叙事模式。同时,域外诗人尤其是东南亚诗人因为靠近岭南,所以他们在诗歌创作中流露出的对岭南、粤西地域文化的态度,和其他非本土诗人是不一样的。故而本章第四部分专门论述这些域外诗歌的意象。

一、冯敏昌诗歌中的地域意象

冯敏昌,清代钦州人,是著述最丰的岭南大家之一,流传下来的诗作达2 200多首,文章将近300篇。他也是清代杰出的教育家,任过会试同考官,还先后主讲过河南河阳、广东端溪、粤华、粤秀等多家著名书院。此外,还是清代中叶岭南的四大书家之一。后人称他为"五岭鸿儒"[2]。冯敏昌一生饱读四书五经,有着深厚的儒学功底,是一个典型

---

[1] 钟乃元.唐宋粤西地域文化与诗歌研究[M].北京:民族出版社,2012:284-397.
[2] 潘茨宣.五岭鸿儒冯敏昌[N].广西日报,2010-05-21(011).

的儒家士大夫,传承儒学之道。他善于学习古今诗人的成就,虽出身岭南,但诗歌不囿于一隅,学习前人而不束缚于窠臼,能自呈特色,为清代乾嘉时期"岭南三子"之一。本部分通过分析冯敏昌的诗文意象运用特色,欲求窥探他如何构建起中国文化认知体系下的个体叙事模式。

  关于冯敏昌的诗歌用典,学界认为他受翁方纲影响,用典较多。翁方纲提出"肌理说",包括了内容与形式两个方面,即要求诗歌应有以儒家经典为基础的"义理"和结构辞章方面的"文理",从而达到义理与文理的统一。其中最突出之点就是引学问和考据入诗。[1] 冯敏昌受翁方纲多年的栽培,翁方纲强调以学问、典故入诗的理论深刻影响了冯敏昌的诗歌创作。[2] 同时,李缵绪等认为:"敏昌作诗多少受翁氏理论的影响,用典较多。但他用典并非生吞活剥,而是融汇于真情实感之中,善于变通,故诗清新流畅自然,无佶屈聱牙之弊。"[3] 为了说明这一点,不少研究具体分析他的诗作,说明他的用典如黄庭坚所言,"虽取古人之陈言入于翰墨,如灵丹一粒,点铁成金也"[4]。如顾绍柏分析其《南汉铁塔歌李南硐明府索赋》道:"全诗涉及典事很多,但因为诗人调动了诸如比喻、夸张、形容、联想等艺术手法,读起来并不觉得沉闷枯燥。"[5] 其他分析诸如:《题赵渭川罗浮访道图》"化用典故,'尧时洪水''扶桑初日''禽捣药''麻姑''飞云峰',或人或物或事,而都能妥帖地配合诗意"[6],《长句一首赠黄仲则作》"虽句句用典,但如行云流水,直泻无碍",《登祝融峰作》"苍劲雄浑,气韵生动,用典极多,令人目不暇

---

[1] 顾绍柏.冯敏昌是广西宗宋派诗人的杰出代表:兼及翁方纲对冯敏昌的影响[J].广西文史,2010(3):10-15.
[2] 陈奕奕.文学地理学视域下的冯敏昌诗歌研究[D].南宁:广西民族大学,2018:39.
[3] 李缵绪,农学冠.清代壮族诗人冯敏昌[J].民族大学研究,1993(2):56-60.
[4] 转引自:钱锺书.宋诗选注[M].北京:生活·读书·新知三联书店,2002:155.
[5] 顾绍柏.冯敏昌是广西宗宋派诗人的杰出代表:兼及翁方纲对冯敏昌的影响[J].广西文史,2010(3):10-15.
[6] 杨年丰.小罗浮草堂诗钞校注[D].南宁:广西大学,2006:25.

接"[1],等等。当然,典故用得太多会令人觉得只是在堆砌,似生吞活剥。顾绍柏也指出了冯敏昌《立秋日华顶作二首》虽无生僻典故,但其意境营造和文字技巧并无过人之处,而《登落雁峰仰天池是华山绝顶放歌》"全诗气势雄浑,有很强的艺术张力,完全不是靠堆砌典故来取悦读者,这才是冯敏昌的当行本色,也是宗宋派作品的精华之所在"。[2]

总的说来,冯敏昌的诗主要以描绘山水、吊古咏怀、酬唱赠答等为主,"好用典,重考据……"[3],用典、考据是对中国古代文化的掌握和传承,其诗作是在中华文化的认知体系下进行个体叙事。

(一)使用典故将中国文化渗透到对家乡环境景色的吟咏和叙述中

具体而言,在对家乡环境景色的吟咏和叙述中通过使用典故将中国文化渗透其中,是冯敏昌诗文创作的特色之一。他在中华文化的背景知识下进行着个体的叙事,这是其诗作的独特之处。

冯敏昌给自己的作品之一取名为《小罗浮草堂文集》,后其门人及二子又辑有《小罗浮草堂诗钞》《小罗浮草堂诗集》《小罗浮游草》。惠州罗浮山为广东名山,在唐代已经名满天下,是岭南文化的地标。这一人间仙境的地理意象由隐逸、神仙、仙境、胜境这一组意象链构成。[4] 钦州正好也有山名为罗浮,《钦县志》载:"……旁有罗浮山,本安京山,俗呼簏撒。随置安京县于此。脉发自铜鱼山,昆连广西宣化县胡公山,山峰峭拔,类惠州罗浮山……"[5]冯敏昌取名"小罗浮草堂"的意图很清

---

[1] 周为军.冯敏昌诗文研究[D].南宁:广西大学,2006:37,53.
[2] 顾绍柏.冯敏昌是广西宗宋派诗人的杰出代表:兼及翁方纲对冯敏昌的影响[J].广西文史,2010(3):10-15.
[3] 陆衡.冯敏昌诗文中的钦廉印记[J].钦州学院学报,2013(09):1-5.
[4] 林献忠.想象与具象:罗浮山地理意象的诗歌构建:以唐代诗歌为中心的考察[J].写真地理,2020(36):189-190.
[5] 见钦州市地方志编纂委员会 2010 年重印的《钦州县志》(上册)第 21 页.

楚,罗浮山是道教圣地,风景优美,也是士人的精神归宿。他所在的钦州罗浮山,在他眼里也是修身养性的地方。如在《题赵渭川罗浮访道图》一诗中,冯敏昌精心营造罗浮山的隐逸意象——"梅花村边买酒田,更寻一觉续前缘!曷来白鹤观中住。等闲一住经一年"、神仙意象——"毛人长啸乞火来""麻姑狡脍竟何为,鲍女聪明谁得似"、仙境意象——"三足下视张口纳,六龙高驭升天行"、胜景意象——"金银悬日月兮潇洒,群峰逮晓,涧壑紫回。悬崖一削几千仞,水帘瀑布之泻何奇哉"。然后写道:"吾家今住小罗浮"[1],使钦州罗浮与惠州罗浮产生联系:同在岭南,同为"罗浮",应该也都是人间仙境,士人向往之地。

再如,《云藏九咏》是他晚年主讲粤秀书院时,写下的关于家乡山水的诗篇。诗前云:"云藏,所居乡也,乡在天马山之下,筱溪之上。北为龙女峰,东为望海峰。又东侧铜鱼之山,灵泉是出。其西南峰曰海螺,为铁冠岩两山之间。有瀑泉下垂者,盖又云藏之南矣。暇日周揽,各成一诗。"[2]第一首《天马山》的"惜哉谢公屐折齿""因欲脱展骑鲸鱼"分别用了"谢公屐"和"骑鲸鱼"的典故,与谢灵运和李白有关。[3] 谢灵运和李白都是游历丰富的大诗人,在叙述天马山的风光使用他们的典故,提升了天马山的高度。《筱溪》写的本是一条普通的溪水,诗中"但使纤流菜畦里,亦能息机同汉阴"典出《庄子·外篇·天地》子贡与为圃者的谈话,为圃者表示不屑于有机事,有机心。[4] 冯敏昌在诗歌中引用此典以表达自己的清高志向。《望海峰》的"萑苻啸聚殊汹涌"用"萑苻"之典,"未能浪战从弓刀"语出唐卢纶《塞下曲四首》之三"欲将轻骑逐,大雪满弓刀"[5],以强盗、边塞战事的典故形容钦州也曾战事激烈。《铜鱼山》中的"姜子书堂竟谁识""位重平章何足道,道侔伊昌闻在昔。朝廷暇豫

---

[1] 杨年丰.小罗浮草堂诗钞校注[D].南宁:广西大学,2006:135.
[2] 杨年丰.小罗浮草堂诗钞校注[D].南宁:广西大学,2006:135.
[3] 杨年丰.小罗浮草堂诗钞校注[D].南宁:广西大学,2006:29-30.
[4] 杨年丰.小罗浮草堂诗钞校注[D].南宁:广西大学,2006:30.
[5] 杨年丰.小罗浮草堂诗钞校注[D].南宁:广西大学,2006:31.

直谏声,时事仓皇叩马力""翼轸苍茫烟雾积"既有历史典故,也有星宿典故[1],赋予地处偏僻的铜鱼山厚重的历史感。《铁冠岩》中的"还应野服携黄冠"使用语典,借指农夫野老之服。[2] 作者以此表达山野生活的休闲自在。

这一特色始终贯穿在其诗歌创作中。如,《海门春阴行》把游乌雷门叙述得瑰丽万千,用典随心所欲,恣意想象。"不知苍茫之中光彩倏忽是何所,岂是蛟唇蚌蛉呼吸变化成楼台。"语出《史记·天官书》:"海旁蜄(蜃)气象楼台;广野气成宫阙然。云气各象其山川人民所聚积。""鞭石成梁事不就""何必方壶之中,岱舆之下",其中"鞭石""方壶""岱舆"都是用典。[3]《大滩谒汉新息侯庙》"龙门风急起云雷"中的"云雷"、"当年薏苡招谗后"中的"薏苡"皆语出有典[4],冯敏昌在拜谒古代英雄马援时引经据典,使得英雄曾经战斗过的热土上的一切也与中国的古代文化融为一体。《海角亭谒苏文忠公遗像》更是大量用典,如"真使东人欣伐柯"的"伐柯","雪泥鸿爪迹漫似"的"雪泥鸿爪","还从瓶笙拟鲍响"中的"瓶笙","孤亭城南秩南讹"中的"南讹","海门红日升阳阿"中的"阳阿","尧天万里晴容磨"中的"尧天","陟岵之望奚殊科"的"陟岵",等等。[5] 冯敏昌大量使用典故叙事,营造丰富异常的中国传统文化气息,足见其治学之深沉。

(二)在诗作中掺入家乡的元素,使其作品呈现出中国文化背景下的地域特色

冯氏诗文创作的特色之二是以地方名胜入诗,在描绘山水、吊古咏怀、游历交友时掺入家乡的元素,使其作品呈现出中国文化背景下的地

---

[1] 杨年丰.小罗浮草堂诗钞校注[D].南宁:广西大学,2006:30-31.
[2] 杨年丰.小罗浮草堂诗钞校注[D].南宁:广西大学,2006:32-33.
[3] 杨年丰.小罗浮草堂诗钞校注[D].南宁:广西大学,2006:49-50.
[4] 杨年丰.小罗浮草堂诗钞校注[D].南宁:广西大学,2006:83-84.
[5] 杨年丰.小罗浮草堂诗钞校注[D].南宁:广西大学,2006:51-52.

域特色。他的诗歌中经常使用"铜柱""伏波""马革裹尸""薏苡""铜鱼"和"荔枝"等意象。马援铜柱在史籍中多有记载,尽管其所在位置说法不一,但基本确定的是铜柱是作为边疆界碑的标志[1]。古代诗句中多有涉及,已然成了越南与广西北部湾地区边界的标志。从冯敏昌对家乡描述的诗句如《铜鱼山》"铜柱超遥边峤峙"[2]、《舟过乌雷门,望伏波将军庙作》"山连铜柱云行马,地尽扶桑浪吼雷"[3]、《汉马伏波将军庙祭文》"还师远界,铜柱巍峨"[4]、《澄怀堂歌呈康茂园邑侯》"南交上纪羲叔宅,铜柱眈觌文渊还"[5]等使用"铜柱"意象,直至其各种诗作如《留京寄勺海(一)》"山凭铜柱蛮烟黑,天入高凉海气昏"[6]、《南汉铁塔歌李南磵明府索赋》"吾闻粤功数铜柱"[7]、《信天庐歌为南桥太守作》"望与铜柱争崔巍"[8]、《登海螺峰》"高连铜柱分夷界"[9]等也大量使用"铜柱"意象,无疑传承发展了"铜柱"这一地域意象在诗歌中或表示南疆疆界,或表示守边卫国的英雄情怀。而在《五月廿四日为叔求与张瑞夫忌日作诗一首用寄粲夫》"岂知铜柱客,直上居庸关"中,冯敏昌用"铜柱客"来表示身处京师求功名的自己。[10]

伏波是汉将军名号,有"平息变乱"之意[11]。马援在北部湾地区的影响很大,他退交人,立铜柱,定边界,抚边民,助生产。湖南、广西多处

---

[1] 王元林,吴力勇.马援铜柱与国家象征意义探索[J].中南民族大学学报,2011(3):87-90.
[2] 杨年丰.小罗浮草堂诗钞校注[D].南宁:广西大学,2006:31.
[3] 杨年丰.小罗浮草堂诗钞校注[D].南宁:广西大学,2006:57.
[4] 冯敏昌.冯敏昌集[M].陆善采,吴龙章,曹家诊,等点校.南宁:广西民族出版社,2010:382.
[5] 杨年丰.小罗浮草堂诗钞校注[D].南宁:广西大学,2006:79.
[6] 杨年丰.小罗浮草堂诗钞校注[D].南宁:广西大学,2006:75.
[7] 杨年丰.小罗浮草堂诗钞校注[D].南宁:广西大学,2006:92.
[8] 杨年丰.小罗浮草堂诗钞校注[D].南宁:广西大学,2006:178.
[9] 冯敏昌.冯敏昌集[M].陆善采,吴龙章,曹家诊,等点校.南宁:广西民族出版社,2010:230.
[10] 陈奕奕.文学地理学视域下的冯敏昌诗歌研究[D].南宁:广西民族大学,2018:59.
[11] 罗竹风.汉语大词典:第一卷[Z].上海:上海辞书出版社,1986:1183.

立有伏波庙,就是为纪念马援而建的。冯敏昌《海角亭谒苏文忠公遗像》"楼船伏波去已久,炎宋下有苏东坡"[1]、《舟过乌雷门望伏波将军庙作》"楼船横海伏波回,海上旌旗拂雾开"[2]、《乌蛮滩》"伏波老飞将,南来初矍铄"[3]、《覃溪师见示铜马篇用韵奉答》"伏波将军有此见,中心感叹生愁然"[4]、《汉马伏波将军庙祭文》"薏苡遭谗,马革几裹"[5]、《大滩谒汉新息侯庙二首》"当年薏苡招谗后,滩水无情亦自哀"[6],皆用"伏波""马革裹尸"和"薏苡"意象将诗人心目中的伟人如马援、诸葛亮、苏东坡及自己的恩师翁方纲相提并论,表达自己的景仰、敬爱和缅怀之情。

冯敏昌号鱼山,鱼山同时也指钦州铜鱼山。他二十至三十二岁数次进京应试,直到四十多岁回到端溪书院前,都是远在北方为官、出游及在书院任教。他的诗作常以钦州铜鱼山为家乡意象,抒发在外颠沛求功名的艰辛和怀念家乡的惆怅之情。如《雨夜思家二首·其一》"羊石风尘愁一梦,鱼山烟雨暗何峰"[7]、《与勺海、浣云同赋秋雨》"珠海云无数,鱼山路几千"[8]、《对月二首》"梅关天远铜鱼暗,惆怅归情不可穷"[9]、《晚行望鱼山》"晓来风雨送晴天,遥望鱼山意惘然"[10]。二十岁时创作的《归渡黄河大风雨》写于鱼山第一次离京还乡,途径黄河,离家乡还有大半路程之时,中有"铜鱼珠池渺云水,短篷暗艇余寂寥",以"铜鱼珠

---

[1] 杨年丰.小罗浮草堂诗钞校注[D].南宁:广西大学,2006:51.
[2] 杨年丰.小罗浮草堂诗钞校注[D].南宁:广西大学,2006:57.
[3] 杨年丰.小罗浮草堂诗钞校注[D].南宁:广西大学,2006:83.
[4] 杨年丰.小罗浮草堂诗钞校注[D].南宁:广西大学,2006:54.
[5] 冯敏昌.冯敏昌集[M].南宁:广西民族出版社,2010:382.
[6] 冯敏昌.冯敏昌集[M].南宁:广西民族出版社,2010:36.
[7] 陈奕奕.文学地理学视域下的冯敏昌诗歌研究[D].南宁:广西民族大学,2018:58.
[8] 杨年丰.小罗浮草堂诗钞校注[D].南宁:广西大学,2006:37.
[9] 杨年丰.小罗浮草堂诗钞校注[D].南宁:广西大学,2006:46.
[10] 陈奕奕.文学地理学视域下的冯敏昌诗歌研究[D].南宁:广西民族大学,2018:59.

池"指代家乡钦州[1]。

　　冯敏昌还使用地方名人的事迹构建地域意象,如他在《铜鱼山》"姜子书堂竟谁识"[2]、《澄怀堂歌呈康茂园邑侯》"宁生石室闷且久,姜子书堂凄已寒"[3]、《登州城东楼》"姜甯遗风还不远,与谁怀古赋新篇"[4]、《文峰卓笔》"天涯莫道无奇迹,姜宁藏书谏几封"[5]等诗句中,以"宁生石室""姜子书堂"构建出当地特有的地域意象,进行自己的个体叙事。"甯"或"宁生"指的是睿宗当政时期著名的谏议大夫宁悌原,据《大清一统志》卷三百四十八所述"狼济山在灵山县西一百二十里,脉自管狼山来,水流为水车江。山有石壁,外有石人夹峙,名济济石。唐甯悌原读书于此"。"姜"或"姜子"指唐德宗朝的谏议大夫姜公辅(字德文)。民国《钦县县志》卷一《舆地志》:"铜鱼山,(钦州)城北百二十里……又名古窭山,上有井石室,昔姜德文读书遗迹。"[6]诗人以"宁生石室""姜子书堂"的故事指文人雅事,构建本地地域意象体系。

　　荔枝作为岭南的标志,承载着鱼山对岭南故土独特的情感。如《夏至夜与勺作》"惆怅家园天万里,此时丹荔正如珠"、《夏至夜作》"更堪寻短梦,为觅荔枝香"。在离家千里的北京,鱼山夏天皆写到家乡荔枝,两广地区有夏至食荔枝的传统。"生家有佳荔,香可敌新兴"(《谢生惇庸以家园荔子见赠赋此以答》)一句,为鱼山答谢学生赠送家乡荔枝所作,家乡的荔枝,在鱼山看来是"香可敌新兴"[7]。

---

[1] 陈奕奕.文学地理学视域下的冯敏昌诗歌研究[D].南宁:广西民族大学,2018:59.
[2] 陈奕奕.文学地理学视域下的冯敏昌诗歌研究[D].南宁:广西民族大学,2018:31.
[3] 陈奕奕.文学地理学视域下的冯敏昌诗歌研究[D].南宁:广西民族大学,2018:79.
[4] 陈奕奕.文学地理学视域下的冯敏昌诗歌研究[D].南宁:广西民族大学,2018:16.
[5] 吴龙章,卜霞.热爱家乡　形诸笔墨:浅析冯敏昌赋咏钦州山水的诗作[J].钦州师范高等专科学校学报,2002(02):52-54.
[6] 见钦州市地方志编纂委员会2010年重印的《钦州县志》(上册)第57页.
[7] 陈奕奕.文学地理学视域下的冯敏昌诗歌研究[D].南宁:广西民族大学,2018:20.

(三) 使用并列意象组合丰富叙事内涵

所谓并列意象组合,就是两个或两个以上的同等意象——它们的关系是相互并列的,而不是互为包容的——凭借想象力而组合起来的并置。首先是单个意象要由想象开掘出来,然后,要由想象力来完成不同意象的有机并置。如此,才能形成一个组合。这个组合,即是一个有机的意象体,它一经组成,其内涵就大大超出了单个意象的简单总和,故能开掘出无限丰富的艺术境象。[1] 比如:"南交上纪羲叔宅,铜柱眇觇文渊还""已见南交宅,真同砥柱尊"(《龙门》)[2]、"漫语武侯擒纵略,汉家先有定蛮才"(《舟过乌雷门望伏波将军庙作》)[3]、"岂知铜柱客,直上居庸关"等。"南交上纪羲叔宅"典出《尚书·尧典》"申命羲叔,宅南交。"南交,指交趾。古地区名,泛指五岭以南。因地处南方,故称。[4] 鱼山将两个典故组合一起,更加凸显南交一带自古以来的地理重要性。砥柱山,在河南三门峡黄河激流中,矗立如柱。比喻在危难中起坚定的支柱作用的人或力量。[5] "已见南交宅,真同砥柱尊"将北部湾一带与河南三门峡进行并列意象组合,说明二者都起支柱作用。"漫语武侯擒纵略,汉家先有定蛮才"将马援的雄才大略提到不亚于诸葛亮的高度。"岂知铜柱客,直上居庸关"用"铜柱客"来表示身处京师求功名的自己,虽然铜柱远在边疆蛮荒之地,可是也和京师一样,都供心怀天下的人才纵横驰骋。

冯敏昌诗文中的典故使用给自己的作品打上了深深的中华文化烙印,同时他将地方典故、意象融合进自己的诗歌创作中,构建中国文化认

---

[1] 龙超领.中国古典诗歌中的并列意象组合初探[J].广西师范大学学报(哲学社会科学版),1990(3):26-33.
[2] 杨年丰.小罗浮草堂诗钞校注[D].南宁:广西大学,2006:56.
[3] 杨年丰.小罗浮草堂诗钞校注[D].南宁:广西大学,2006:57.
[4] 罗竹风.汉语大词典:第一卷[Z].上海:上海辞书出版社,1986:888.
[5] 罗竹风.汉语大词典:第一卷[Z].上海:上海辞书出版社,1986:1183.

知体系下的个体叙事模式,既显示出他中国儒学文化的深厚功底,也展示了他诗文世界独具特色的魅力。

二、域外诗中的北部湾地域意象

本部分的域外诗指的是描述域外的诗歌或者域外诗人创作的诗歌。用诗歌描述域外的诗人最为典型的莫过于黄遵宪。

清末诗人黄遵宪一直被大多数学者看作是清末"诗界革命"的旗帜和代表。多典故而少意象是黄遵宪诗歌一个显著的特点。[1] 黄遵宪是清末外交家,先后担任过驻日使馆参赞、驻美国旧金山总领事、驻英国二等参赞、驻新加坡总领事,长期的海外生活使黄遵宪领时代风气之先,对西方文化做了大量的引入和介绍,其诗歌中出现了大量海外的新思想、新学说、新事物的词汇,如域外风物"流连""波罗""槟榔""樱花"等;西方现代文明产物"轮船""光""火车"等;以及有关外国政治制度、宗教的词汇"共和""合众""独立""平等""自由""耶稣""十字军"等。黄遵宪诗歌中这些新词汇的出现,反映了他认知世界心态的改变,把传统的以诗歌作为陶冶性情、描述内心世界的工具,变为抒发真情、认知世界的载体,但在认知新世界、新时代的同时,他还是离不开中华传统文明的认知视角,即在叙写中使用中国传统典故。他使用的北部湾地域意象并不少,如《度辽将军歌》"铜柱铭功白马盟,邻国传闻犹胆颤",《羊城感赋六首·其五》"谁似伏波饶将略?犹闻蹈海报君恩",《其四》"苦烦父老通邛筰,难禁奸民教尉佗。祆庙火焚氛更恶,鲛人珠尽泪犹多"。尤其特别之处是他使用北部湾地域意象叙说当时的香港。如《香港感怀十首·其六》:

便积金如斗,能从聚窟消。

---

[1] 刘冰冰.在古典与现代性之间:黄遵宪诗歌研究[D].济南:山东大学,2003.

第四章 本土及域外诗人作品中的意象探略

蛮云迷宝髻,脂夜荡花妖。
龙女争盘镜,鲛人斗织绡。
珠帘春十里,难遣可怜宵。

当时的香港已沦为英国殖民地约二三十年,黄遵宪在《香港感怀十首·其三》写的香港是这样的:

酋长虬髯客,豪商碧眼胡。
金轮铭武后(香港城名域多利即女主名也),宝塔礼耶稣。
火树银花耀,毡衣绣缕铺。
五丁开凿后,欲界亦仙都。

同是写香港,他在《其六》中使用了好几个中国神话传说里的意象——"脂夜""花妖""龙女争盘镜""鲛人斗织绡",在文化已经变得多元的香港,非常新奇。

他还使用北部湾地域意象描绘外国景象。《日本杂事诗·其一百七十六》写日本"朝市争趋海柘榴,贪同西母斗行筹。夜深似有鲛人泣,空抱缫丝上蜃楼",让人难以想象是在日本。他的《过安南西贡有感》其一、其四,一如传统的古典诗歌,涉及安南,必用马援、合浦还珠之典:"仰看跕跕飞鸢堕,转忆乡人下泽车","一自三杨倡议后,珠崖永弃不还珠"。

域外诗人创作的诗歌主要是越南诗人创作的诗歌。《越南汉文燕行文献集成》收录了14世纪至19世纪出使中国的越南使者所著的79部著作,其中有52部著作均有题咏伏波将军马援功绩的诗文作品或行程记录。[1] 如元代越南史学家、文学家黎崱在中国汉阳侨居五十年,著有

---

[1] 滕兰花.清代越南使臣眼中的伏波将军马援形象分析:以《越南汉文燕行文献集成》为视角[J].广西民族大学学报(哲学社会科学版),2013,35(03):137-143.

《安南志略》《黎崟事集》等。其诗歌《图志歌》几乎像是以汉臣的口吻在进行叙事："武皇一怒奋天戈,千里精兵扫凶秽。路侯博德勇有谋,破越如同破竹势。"他还对被越南视为侵略者的马援大加赞扬："糜泠二女逞奸雄,姊名徵侧妹徵贰。招呼要党据南交,威服百蛮无与比。侵边寇灭六十城,一立为王一为帅。堂堂汉将马伏波,苦战三年常切齿。分军驱逐到玺溪,贼酋授首悉平治。广开汉界极天南,铜柱高标传汉史。"黎崟在叙述中越冲突时,俨然是中国臣子的口吻,讴歌汉朝的正义威武,谴责交趾二徵起事。关于当朝安南兵抗击元军,他写道"后嗣不道违上旨""居然逆命相抗衡,拒捍王师心怀异",并认为"中华闻化遍九州,渐教远人通礼义""命官遣将镇其民,德政清新多惠施"[1]。不出所料的是,诗人也使用了"伏波""铜柱"意象。

清朝时期,越南使臣出使中国时写的汉语诗,也会使用北部湾地域意象。越南副使丁儒完在康熙、乾隆朝出使中国,在经过广西时,作诗《过乌蛮题伏波庙》道:

桂林威望悠悠在,浪泊忠诚蝎蝎香。
铜柱不磨豚水冷,广源峨利两洋洋。[2]

后黎朝的黎贵惇于清乾隆二十五年(1760)至二十七年(1762),作为越南副使,"如清岁贡,并附告懿宗丧"[3],写有一首《经鬼门谒伏波将军庙》:

---

[1] 黎崟.安南志略:卷十九[M].武尚清,点校.北京:中华书局,1995:431.
[2] 中国复旦大学文史研究院,越南汉喃研究院.越南汉文燕行文献集成:第一册[M].上海:复旦大学出版社,2010:316.
[3] 中国复旦大学文史研究院,越南汉喃研究院.越南汉文燕行文献集成:第一册[M].上海:复旦大学出版社,2010:85.

第四章 本土及域外诗人作品中的意象探略

瞻谒山祠向水涯，悠然心绪动追依。
乡关款段仙为者，塞漠旌旄亦壮哉。
当日伟谈传米谷，千秋公议恨云台。
炎郊处处依馀庇，鸢跕元曾此地来。
散尽千金惠故人，间关一厕事明君。
应知功大多贻累，只为情深苦服劳。
能记荒菱酬主簿，仙缘薏苡员将军。
只今浩气英风在，缭绕吴山粤峤云。[1]

他北至广西境内五险滩经伏波庙，本着对伏波将军的敬仰，又赋诗《题伏波庙》一首：

风尘时节见才名，英主还推善用兵。
薏苡无端污国土，椒房有种裕家声。
试石霜锋气尚横。（桂林岩下有伏波试剑石痕迹尚存）
最是一门多伟器，少游真弟况真兄。[2]

后在返程途经伏波庙时，又作了一首《重经五险滩谒伏波将军庙》：

元封兵下夜郎江，水道初通百粤降。
自有伏波威镇后，石涛不散两春撞。
老壮穷坚志罕俦，将军名价重西州。
驰驱为感刘文叔，款段还思马少游。

---

[1] 中国复旦大学文史研究院，越南汉喃研究院.越南汉文燕行文献集成：第一册[M].上海：复旦大学出版社，2010:127.
[2] 中国复旦大学文史研究院，越南汉喃研究院.越南汉文燕行文献集成：第一册[M].上海：复旦大学出版社，2010:253.

自是真人咱不聪,苦将薏苡累夹雄。
掳鞍未可轻訾议,谁指鹰扬诮太公。
蛮烟瘴雨满迁城,庇佑知公亦有情。
骆越千年遵教令,荒山铜柱人无声。[1]

1792年,越南吴时任以侍中大学士正使之身份奉命出使清朝,报西山王阮惠之丧,并为阮光赞请封。他在途径五险滩边的伏波庙时,亦作诗以抒情:

江头湍急撼威屏,山谷争如聚米成。
铜柱天边仍记绩,铁船水底尚闻名。
威名岂藉椒房重,勋功宁为薏苡轻。
赫赫崇祠千古在,云台久兴汉朝更。[2]

作者称赞马援南征为当地百姓所做的贡献,同时也为马援死后受人诬陷不胜愤慨。与中国诗人的立场无异,诸如此类谒伏波将军庙的越使诗文尚有许多[3],在此仅略举一二,亦可推见不少越使对伏波将军之功绩多有认可,对马援死后为人诬陷亦觉愤慨。

1802—1803年,阮朝黎光定任请封正使一职,出使清朝,请求清仁宗承认阮朝建国,并改国号。[4] 他在《过起敬滩题马伏波祠》一诗中明

---

[1] 中国复旦大学文史研究院、越南汉喃研究院.越南汉文燕行文献集成:第一册[M].上海:复旦大学出版社,2010:253.
[2] 中国复旦大学文史研究院、越南汉喃研究院.越南汉文燕行文献集成:第一册[M].上海:复旦大学出版社,2010:127.
[3] 彭茜.朝贡关系与文学交流:清代越南来华使臣与广西研究[D].南宁:广西民族大学,2014.
[4] 滕兰花.清代越南使臣眼中的伏波将军马援形象分析:以《越南汉文燕行文献集成》为视角[J].广西民族大学学报(哲学社会科学版),2013,35(03):137-143.

确表达了对马援的景仰:"岭外遐荒广帝国,将军古庙倚岗梧。茅分天地今犹在,米聚山溪昔未芜。铜柱直将留伟绩,云台何必绘嘉谟。五滩千古经过后,为感精忠奠一壶。"[1]

1803年6月,之前屡次上表希望清廷赐封他为南越国王的阮福映终于等到了嘉庆皇帝的回复:"特念其叩关内附,敬抒悃忱,命用'越南'二字。以越字冠于上,仍其先世疆域;以南字列于下,表其新锡藩封。"[2]为此,阮朝武希苏1804年4月使清纳贡,出使途经鬼门关时题咏一诗《鬼门关庙》:

> 路八枝陵遇畏天,拜瞻神像自巍然。
> 勋劳绩著旋车日,矍铄神留上马年。
> 管甚珠犀成贝锦,永将铜柱奠山川。
> 云台大室令何在,万古崇祠屹翠巅。

武希苏盛赞马援"永将铜柱奠山川",即是借马援之事来表忠。[3]越南诗人把与马援相关的典故"伏波""铜柱""浪泊""薏苡""聚米"都融入诗歌创作中,其写作手法与表达的思想感情与中国诗人并没有太大的区别。由此也可看出北部湾地域意象在中华文化话语体系中的影响力,在诗人的自觉传承发扬下,这种影响已渗透到异域。

日本承续奈良风气的平安时代(794—1192),是包括汉籍在内的中国典章制度大规模东传而为日本所借鉴、创新的时代。由于汉籍的东传,合浦典故也随之被移植到了东洋日本,因此对平安初期日籍所引"合

---

[1] 中国复旦大学文史研究院,越南汉喃研究院.越南汉文燕行文献集成:第九册[M].上海:复旦大学出版社,2010:113.
[2] 云南省历史研究所.《清实录》越南缅甸泰国老挝史料摘抄[M].昆明:云南人民出版社,1985:284.
[3] 滕兰花.清代越南使臣眼中的伏波将军马援形象分析:以《越南汉文燕行文献集成》为视角[J].广西民族大学学报(哲学社会科学版),2013,35(03):137-143.

浦"典故及其相关内容进行考察。

目前所见日本最早使用合浦典故的作品是收于岛田忠臣所著《田氏家集》中的三首诗,岛田忠臣为平安初期汉学的代表人物。三首诗如下:

省试赋得珠还合浦用神为韵,限六十字。

大守施廉洁,还珠自效珍。光非怀汉女,色似泣鲛人。
旧浦还星质,空涯返月轮。行藏犹若契,隐见更如神。
感化来无朕,嫌贪去不亲。希哉良史迹,谁踏伯周尘。

及第作

秋帐收萤不见阶,春天射鹄箭无乖。
□□身上生光影,合浦明珠透出怀。

省试,珠还合浦诗

世间何事胜腰鱼,丽日晴光及第初。
宿昔贺人犹不信,今朝在我喜欢余。[1]

据考证,岛田忠臣于嘉祥二年(849)省试及第,第一首《省试赋得珠还合浦》自当作于是年,亦即该年省试是以"珠还合浦"为题。而在大唐,德宗贞元七年(791)科举试为《珠还合浦赋》,此次日本嘉祥二年省试题应是取自唐贞元七年的科举试题,只不过唐贞元七年试赋,日嘉祥二年试诗。第二首《及第作》的尾联"合浦明珠透出怀",不再像应试作中紧扣《后汉书》中"珠还合浦"的廉政之旨,而是一种纯文学性意象,并借以表现作者自身的喜好。[2]

---

[1] 岛田忠臣.田氏家集注[M].大阪:和泉书院,1994:126.
[2] 马熙.试论平安初期日本对汉典的模仿与转化:以《省试赋得珠还合浦》与《浦岛子传》所用"合浦"典故为例[J].广州文博,2020(00):119-136.

受到北部湾地域意象影响的日本诗人还有新井白石,日本江户时代政治家、文学家、史学家(1657—1725),[1] 其诗作《千里飞梅》使用了"合浦飞叶"意象:

洛阳一别指天涯,东望浮云不见家。
合浦飞来千里叶,阆风归去五更花。
关山月满途难越,驿使春来信尚验。
应恨和羹调鼎手,空将标实惜年华。[2]

新井白石的这首诗通常被看作含着青春少年的豪放与自许,又包含壮志未酬、空白了少年头的悲慨。其中"合浦飞来千里叶"与"洛阳一别指天涯"既有逻辑上的照应,也有意象上的连接,无论是实指还是虚指都很和谐。[3] 而且,作者还使用了意象并置手法,"合浦飞来千里叶,阆风归去五更花",将合浦与中华古老神话中位于昆仑山的神山阆风相提并论,赋予了"合浦叶"神圣的色彩。

---

[1] 周一良.新井白石论[J].日本学研究,1992(00):9-19.
[2] 严明.东亚汉诗的诗学构架与时空景观[M].台湾桃园圣环图书股份有限公司,2004:362.
[3] 黄婕.在日本发现"洛阳":理想都城与想象空间[EB/OL]. https://www.thepaper.cn/newsDetail_forward_8868084 2020-08-27.

第五章　北部湾地域意象群

　　意象群是一个中国诗学概念,长期以来被纳入意象概念之中而未能引起人们足够的注意,甚至还未被赋予一个比较明确的含义。关于意象群,袁行霈先生在《中国诗歌艺术研究》一书中有过如下表述:"诗的意象和与之相适应的词藻都具有个性特点,可以体现诗人的风格。一个诗人有没有独特的风格,在一定程度上即取决于是否建立了他个人的意象群。屈原的风格与他诗中的香草、美人,以及众多取自神话的意象有很大关系。李白的风格,与他诗中的大鹏、黄河、明月、剑、侠,以及许多想象、夸张的意象是分不开的。杜甫的风格,与他诗中一系列带有沉郁情调的意象联系在一起。李贺的风格,与他诗中那些光怪陆离、幽僻冷峭的意象密不可分。各不相同的意象和词藻,体现出各不相同的风格。"[1]按照袁先生的观点,诗人要形成独特风格就需要建立个人意象群。据此可以推出,研究诗歌的意象群有助于了解诗人的风格或者诗歌的特色。那么,何谓意象群?意象群,是众多独立意象的集合,意象之间互为关系,共同体现诗人的个人爱好、艺术品位和诗歌特色。意象群研究属于整体研究,研究对象往往是一首长诗、一组诗篇、一本诗集、一个诗人、一个诗派或者一个诗歌时代,优点在于既能整体把握,又能细致入微。[2]

　　在很多情况下,诗歌意象群的组合具有一种历史传承性,即诗人在创作时自觉不自觉地对前代诗歌中常见的意象群进行复制、重组、改造。诗歌题材自魏晋发展成熟以来,诗歌中的意象群也相对固定下来,不同

---

[1] 袁行霈.中国诗歌艺术研究[M].北京:北京大学出版社,2009:57.
[2] 蒲度戎.弗罗斯特诗歌的意象群[J].西华师范大学学报(哲学社会科学版),2008(1):22-27.

的题材相应产生了不同的意象群体,并作为文学惯例或格式在古今诗人的创作中体现出来。北部湾的地域意象群也不例外。

北部湾较有代表性的地域意象群有马援伏波意象群;合浦珠、鲛人意象群,以及交州、合浦、天涯、炎州、蛮夷、瘴疠意象群。或表现英雄情怀,或表现合浦珠及其象征含义,或表现北部湾的蛮荒危险、异域风味和海洋特色。

一、伏波铜柱意象群

伏波铜柱意象群指的是与马援南征有关的意象,如马援、伏波、铜柱、铜鼓、薏苡、交趾(或安南)、浪泊、飞鸢等。使用这组意象群大体都是要表达英雄豪情,或对英雄的追思、敬仰等。如南明方国骅《铜鼓歌》:

> 辛丑二年驾黄龙,抚摩河伯鞭驱风。
> 朝发夕至见铜鼓,铜鼓虞县神上宫。
> 初见殊形胆若怯,跂翼古异心推崇。
> 传自马援伐蛮方,得此交趾夷甸中。
> 刻列星辰及牛女,魑魅魍魉无能逢。
> ……

清何元英《送杨武部奉使交趾》:

> 甲帐云从象郡开,日南惊见使星来。
> 披诚自有珊瑚树,怀远犹存马援台。
> 泽遍雕题蛮獠舞,檄传浪泊鼓钟回。
> 仁看万里图王会,汉殿真儒谕蜀才。

清翁方纲《铜鼓歌题曲阜颜氏拓本》：

或云伏波或诸葛,前后皆说东京遗。传闻伏波定交趾,骆越声震西南夷"。晚清丘逢甲《和晓沧买犊》其四：

平生慕马援,边郡事田牧。
何时得伏波,重使交趾复？

元初张之翰《沁园春》：

至元戊子冬,国子司业李君两山以春官小宗伯奉命使交趾,故作此以壮其行。

……
安南者,彼地方多少,敢抗吾衡。
一封天诏丁宁。
要老子胸中百万兵。
看健如马援,精神矍铄,辨如陆贾,谈舌纵横。
……

明林弼《至安南次王编修韵》：

安南远至极南荒,炎海无垠野望长。
马援台前秋草碧,高骈城下暮烟黄。

第五章　北部湾地域意象群

明庞嵩《赠张都阃征安南》：

> 简书专阃外，节钺出天涯。
> 八阵骧龙虎，三驱殪虺蛇。
> 金瓯元已固，铜柱绩非遐。
> 从此安南地，车书大一家。

明陈琏《送金宪武大本赴交阯参赞英国公》：

> 新承恩命出銮坡，万里交州喜再过。
> 公馆清风荣使节，蛮溪明月听夷歌。
> 藩臣才略唐都护，征虏威名汉伏波。
> 闻道分茅铜柱在，古今勋业共峨峨。

清王士禛《送杨鄂州职方奉诏安南》：

> 于阗玉带横腰身，猩红袍蹙金麒麟。
> 使者青霄下千仞，旌节遥临日南郡。
> 日南郡县古交州，唐家都护天南头。
> ……
> 此去乌蛮过铜柱，曾是伏波用兵处。
> 即看金马献彤庭，不用飞鸢愁毒雾。
> 朝来祖帐城东门，群公冠盖如云屯。
> 虎头食肉志亦得，新妇帷车安足论。

纵观这些诗歌，"马援铜柱""飞鸢""交趾""安南""浪泊"等意象频频出现，构成一个意象群，反复传唱马援南征的英雄故事。

二、合浦珠、鲛人意象群

合浦珠意象群较常见的有合浦、珠、鲛人、交州、天涯、瘴海等。中唐刘长卿《赠元容州》：

> 拥旌临合浦，上印卧长沙。
> 海徼长无戍，湘山独种畲。
> 政传通岁贡，才惜过年华。
> 万里依孤剑，千峰寄一家。
> 累徵期旦暮，未起恋烟霞。
> 避世歌芝草，休官醉菊花。
> 旧游如梦里，此别是天涯。
> 何事沧波上，漂漂逐海槎。

元陈孚《过牂牁江》：

> 青草风吹毒雾腥，交州何在海溟溟。
> 牂牁已恨天涯远，又过牂牁二十程。

明林鸿《送郑二宣之交州》：

> 一曲劳歌酒半醒，嗟君此去泛沧溟。
> 论交自信心如石，避地终悲迹类萍。
> 瘴海风涛行处白，故山烟雨别来青。
> 冶城亦有同游侣，共向天涯忆聚星。

第五章　北部湾地域意象群

明王称《左江录似友人》：

左江江水日潺湲，鸟语莎裳住百蛮。
莫道天涯应在此，交州更隔万重山。

北宋陈瑾《自合浦还清湘寄虚中弟·其二》：

行彻天涯万里山，月明方照海珠还。
瘴乡来往浑闲事，聊为清湘一破颜。[1]

明周官《怀仙志》：

弱水蓬山总杳然，访寻谁得见神仙。
珠飞合浦还何日，剑落延津别几年。
云散楚台悲月死，雨过隋苑惜花眠。
裴航忍断蓝桥路，愁向天涯盼暮烟。

明张萱《沈云鸿大父从梁化相徙理珠官[2]以佳集走重币索序赋此奉怀并抒证响》：

天涯海角走双鱼，鳄渚棠阴忆曳裾。
句癖常飞三寸管，吟成曾断几茎须。
千秋授简惭玄晏，一日论文有应璩。
不用明珠还合浦，君今行笥满璠玙。

---

[1] 陈思.两宋名贤小集:卷一百[M]//永瑢,纪昀,等.钦定四库全书.上海:上海古籍出版社,2003:4b.
[2] 珠官有天涯、海角二亭。

明佘翔《古诗·其一》：

> 合浦产明珠，澧泽茁芳草。
> 褰裳欲采之，将以遗所好。
> 所好隔天涯，戚戚伤怀抱。
> 岁寒雨雪多，游子悲远道。
> 思君重踌躇，一夜令人老。

明李孙宸《送黎君选还粤兼寄答陶摇光戴安仲彭伯时傅贞父诸子》：

> 未尽天涯握手情，何缘暑雨促行旌。
> 嘶风正快燕台试，照乘还归合浦明。
> 宦计祇应余蒯剑，乡心兼复滞戈兵。
> 故园旧侣能相忆，八月秋鸿寄好声。

明末清初吴伟业《高凉司马行(赠孙孝若)》：

> ……
> 此去虽持合浦珠，炎州何处沽佳酝。
> 君言万事随双屐，浮踪岂必嗟行役。
> 婚嫁粗完身计空，掉头且作天涯客。
> 江南赋税愁连天，笑余卖尽江南田。
> 京华权贵书盈寸，笑余不作京华信。
> 平生声伎罗满前，襆被独上孤篷船。
> 到日兰芽开百本，饱啖荔枝宁论钱。
> ……

第五章　北部湾地域意象群

明末清初龚鼎孳《和答曾旅庵观察》：

天涯弩矢愧前驱，倚棹龙门兴未孤。
旅话醉偏沾一夕，春衣香欲到三吴。
兵馀吾党延津剑，岭外清名合浦珠。
荆楚少年头早白（旅庵官襄阳时，余方为蕲春令），文人仙佛是雄图。

清初释今无《合浦歌为强佑人寿》：

青婴池水清而丽，大珰老蚌潜千岁。
天涯亭畔岸不枯，珊瑚树上巢翡翠。
数百年间事亦奇，珠玉无知亦有知。
长官意大此珠少，月照珠池波渺渺。
淮夷之玭独擅名，蓬苇参天铜柱小。
钦州竹马迎偏早，要荄还珠亭上草。
孟尝陶弼几时来，一探深渊夸至宝。
关西将军颇少年，分竹策马珠池边。
明透之性掩珠光，叱咤左右河海忙。
朝餐晚餐萱草根，辕门日静甑生尘。
池里珠还千万斛，将军碎之其如粥。
……

以上诗歌有的内容与合浦或交趾、岭南相关，有的则与这些地域无关，只是使用了合浦珠的意象，如周官《怀仙志》"珠飞合浦还何日，剑落延津别几年"，《古诗·其一》"合浦产明珠，澧泽茁芳草"，都使用了并列式意象组合。"合浦珠还"和"延津剑合"，"合浦明珠"和"澧兰沅芷"，说明诗人对古代诗词意象的传承发扬。

因为鲛人泣珠的传说,合浦珠在古诗中也因此常与鲛人意象有关联。合浦珠加上鲛人意象,多了几许感情色彩。如元朝潘纯《送顾仲父赴广东市舶提举》:

> 合浦明珠久不还,使君风采动群蛮。
> 鲛人把臂来城里,荔子堆红出坐间。
> 江映蕉花鹦鹉绿,雨昏榕树鹧鸪斑。
> 昔年骏马经行处,父老那知得重攀。

明末清初王夫之《拟古诗十九首·其十八》:

> 昔我游日南,中道至合浦。
> 池水碧以寒,瑷璷莫能睹。
> 得此径寸珠,云自鲛人所。
> 缄以金泥封,藉之龙文组。
> 中夜投君怀,当知寸心苦。

三、交州、合浦、天涯意象群和炎荒、瘴疠、蛮夷意象群

古诗内容涉及交州、合浦一带时,很多都会出现"天涯""炎荒""瘴疠""蛮夷"等意象群。这是北部湾一带的地理生态环境所决定的。

(一)交州、合浦、天涯意象群

这组意象群的使用大多是要表达创作主体在偏远、蛮荒的交州一带产生强烈思念的感伤,也有一些是作者与交州、安南人交往的故事。如唐裴夷直《发交州日留题解炼师房》:

久喜房廊接，今成道路赊。

明朝回首处，此地是天涯。

南宋曾渊子《客安南见进奉使回口占》：

安南莫道是天涯，岁岁人从蓟北回。

江北江南亲故满，三年不寄一书来。

再以中唐曹松《南游》为例：

直到南箕下，方谙涨海头。

君恩过铜柱，戎节限交州。

犀占花阴卧，波冲瘴色流。

远夷非不乐，自是北人愁。

这首《南游》中，"南箕""涨海"是笼统的南方海边意象，明确的地域意象是铜柱、交州，同时使用如影随形般的意象"犀""瘴"。

明孙承恩《赴安南二首·其二》：

迢递交南瞻海隅，一封遥降紫泥书。

九天湛露悬征斾，载道清风拥使车。

谕蜀窃惭司马檄，出门忍看太真裾。

天涯落日重回首，白发萧萧独倚闾。

哪怕是廉州或合浦、钦州等地方，也是与惆怅思乡、凄风苦雨等产生了联系，需要鼓励打气方好前往。如元末王翰《郁林州道中》：

一生梦不到廉州,七十方知事远游。
山接苍梧从北去,水通合浦向南流。
鬼门关外人行少(在北流县南),海角亭边客过愁。
只有鸲鹆似乡旧,数声叫断瘴云秋(北方飞鸟虽雁不过岭南惟鸲鹆至焉)。

明林文俊《送内兄朱国贤赴钦州司仓二首·其一》:

> 怜君垂老涉鲸波,落日风烟奈别何。
> 睡石江头秋月冷,分茅岭上瘴云多。
> 蛮乡酒熟何人共,海国书来有雁过。
> 岂是天涯成远别,出门回首限山河。

明刘煊《行部钦州归途值雨》:

> 驿程侵早发天涯,山路崎岖跬步移。
> 方怪仆夫频告病,忽惊匹马又嘶疲。
> 荒渠集水深过顶,苦雨沾衣湿透肌。
> 民事勤劳吾分事,敢萌分寸怨尤私。

明朱诚泳《送戈勉学太守之廉州》:

> 天家有诏起龚黄,暂抚东夷近海乡。
> 夹道旗亭榕叶暗,绕城村落荔枝香。
> 扶桑日上春无瘴,合浦珠还夜有光。
> 壮志不须嗟远别,男儿出处付穹苍。

清阮元《由高州望钦州书示儿辈(癸未)》：

> 海角天涯望可哀，古贤多少不能回。
> 七千里外椟曾返，六十年馀孙竟来。
> 家计百年自清白，国恩五世受栽培。
> 后人有庆先人德，文武科名岂易哉。

清末民初朱祖谋《祝英台近·钦州天涯亭梅》：

> 掩峰屏，喧石濑，沙外晚阳敛。
> 出意疏香，还斗岁华艳。
> 暄禽啼破清愁，东风不到，早无数、繁枝吹淡。
> 已凄感。
> 和酒飘上征衣，莓鬟泪千点。
> 老去难攀，黄昏瘴云黯。
> 故山不是无春，荒波哀角，却来凭、天涯阑槛。

所幸也有作者使用"炎州""天涯"意象来叙述与安南、或与安南人交往等比较轻松的故事。如元末明初张以宁《赠安南善书阮生生名廷玠为予书春秋春王正月考及安南行稿予喜其楷法遒美更其字曰宝善而诗以赠之》：

> 安南有生阮廷玠，隶书国内知名最。
> 整如老将严甲兵，庄若端人正冠带。
> 老夫持节使炎州，头白眼昏今老大。
> 著书暇日使之写，一笑令人心目快。

唐时选人用楷法,嗟尔乃在要荒外。
翡翠天涯隐羽毛,蛇珠海底沈光怪。
我兴为尔作长歌,生起修容重再拜。
独不见儋耳黎生遇老坡,亦得姓名传后代。

明林光《闻梁侍讲叔厚先生暨王文哲黄门使交南将过富春赋此二律以候兼致赠别之意·其二》:

……
问程遥讶使君舟,少滞桐江看活流。
解缆缓牵丁字水,挥杯延换富春筹。
光腾北极双龙剑,恩盖安南小越州。
海角天涯虽僻远,锦衣仍傍故乡游。

元末明初张以宁《别胡长之》:

……
我持使节安南行,忽逢联璧双眼明。
建武驿中饮我酒,一笑万里蛮烟清。
桂花榕叶天涯雨,把臂谈诗喜欲舞。
虚名误我走俗尘,满意看君听乡语。
敝庐荒垄狐兔盈,每一念至几无生。
君乘长风破巨浪,功成即为吾乡荣。
邕江东流日千里,明年不归如此水。
锦衣行昼倘先予,为报音书万山里。

在与交州或安南、合浦有关的诗歌叙事里,往往会出现"南荒""炎海""炎州""瘴""瘴云""蛮乡""蛮烟""天涯海角"等意象,以营建诗人心中的北部湾。虽然"睡石江头秋月冷,分茅岭上瘴云多。蛮乡酒熟何人共,海国书来有雁过。岂是天涯成远别,出门回首限山河",但是"扶桑日上春无瘴,合浦珠还夜有光。壮志不须嗟远别,男儿出处付穹苍",北部湾依然不失为一个唤起男儿斗志的地方。

(二)炎荒、瘴疠、蛮夷意象群

元末明初张以宁《赠安南善书阮生生名太冲为予书春秋春王正月考及安南行稿予喜其楷法遒美更其字曰用和而诗以赠之》直截了当地说:"写书设官自汉代,嗟汝乃在炎荒中。"在诗人眼里,安南这些地方不是读书做官之人应在之地,而只是打发贬谪诗人的所在。明王绂《送陈吏部再赴交趾安抚》(洽字叔远毗陵人):

炎荒万里喜班师,又奉纶音向阙辞。
蛮地既平为郡县,圣心尤欲抚创痍。
山川瘴尽风霆肃,雨露恩深草木滋。
遥想旌旄重到日,姓名先慰远人思。

明解缙《送刘御史按交趾》:

虬髯白鸟绣衣郎,骢马南巡古越裳。
城郭新开秦郡县,山河原是汉金汤。
天连铜柱蛮烟黑,地接珠崖海气黄。
莫说炎荒冰雪少,须令六月见飞霜。

古诗中提到交趾或交州时常常会出现"炎荒",还有"瘴",如元陆友《送赵子期使交趾》:

>万里交州道，还闻虎节驰。
>天王颁正朔，使者护蛮夷。
>瘴雨侵榕叶，腥风度竹枝。
>奉辞存大体，定服远人思。

明王英《送彭秀才从大将军英公征交趾》"炎州到日暮春馀，铜柱山高有故墟。金戈铁马经行处，瘴雨蛮烟尽扫除"，出现了"炎州""铜柱"和"瘴雨蛮烟"。清刘大观《陪苍都督自平孟隘登魁来卡观岑田州行军交趾》中有"瘴雾迷荒戍，山风卷大旗"，清末至民国杨圻《过交趾诗》则有"瘴雨天明落，清江日出流"。

古诗中认为交趾为蛮夷之地的，极为普遍。如元杨载《刘将军诗》"交趾小蛮夷，去国将万里。土产无异物，其人状如鬼。湿热生瘴气，疾者无不死。天兵虽南征，弃之良有以。"清王士禛《对酒》"日南交趾皆我郡县，蛮夷君长以时稽首殿庭"。

唐白居易《送客春游岭南二十韵》使用了不少北部湾地域意象群，将北部湾与交趾一带描述得近似人间地狱：

>已讶游何远，仍嗟别太频。
>离容君蹙促，赠语我殷勤。
>迢递天南面，苍茫海北漘。
>诃陵国分界，交趾郡为邻。
>蓊郁三光晦，温暾四气匀。
>阴晴变寒暑，昏晓错星辰。
>瘴地难为老，蛮陬不易驯。
>土民稀白首，洞主尽黄巾。
>战舰犹惊浪，戎车未息尘。
>红旗围卉服，紫绶裹文身。

第五章　北部湾地域意象群

面苦桄榔裹，浆酸橄榄新。
牙樯迎海舶，铜鼓赛江神。
不冻贪泉暖，无霜毒草春。
云烟蟒蛇气，刀剑鳄鱼鳞。
路足羁栖客，官多谪逐臣。
天黄生飓母，雨黑长枫人。
回使先传语，征轩早返轮。
须防杯里蛊，莫爱橐中珍。
北与南殊俗，身将货孰亲。
尝闻君子诚，忧道不忧贫。

自然环境本已恶劣——"瘴地难为老""云烟蟒蛇气，刀剑鳄鱼鳞""天黄生飓母，雨黑长枫人"，还"须防杯里蛊"，且战乱频仍，"战舰犹惊浪，戎车未息尘"，所以"官多谪逐臣"，更让诗人担忧的是文化的蛮荒会导致道德的建设难以进行，因而"忧道不忧贫"。

连本土诗人冯敏昌也无法摆脱中原话语体系的影响，在描写他家乡的诗里也会出现"瘴"或"蛮夷"。如《天涯亭》里"山外几黄茅岭瘴，亭前空白佛桑花"，《龙潭》"恍洗炎洲瘴"，《尊经阁观所悬灵觉寺古钟歌》里有"蛮夷大帅心翻悦"，《梧州用苏诗〈闻子由在藤〉韵示季子》有"意行何处蛮夷乡"等句[1]。

然而，两宋期间越南诗人创作的诗歌为我们描绘了不一样的交州风景，如陈太宗《送北使张显卿》：

---

[1] 杨年丰.小罗浮草堂诗钞校注[D].南宁:广西大学,2006:56,82,22,86.

顾无琼报自怀惭,极目江皋意不堪。
马首秋风吹剑铗,屋梁落月照书庵。
幕空难驻燕归北,地暖愁闻雁别南。
此去未知倾盖日,诗篇聊为当清淡。[1]

陈英宗《冬景》:

苍描翠抹削晴峰,紫府楼台倚半空。
几度碧桃先结实,洞天三十六春风。[2]

裴宗瓘《江村秋望》(一):

披衣独自立江干,秋色准将到眼边。
旅雁行行过别浦,客帆点点落晴天。
溪头佛寺依红叶,竹外人家隔淡烟。
日暮谁知凝伫处,绿云暗野看丰年。[3]

陈江朝《江村即事》:

西邻树巷隔东邻,鸡犬相闻近要津。
海燕日斜低弄影,江花风细远随人。
稻逢梅雨连云熟,蚕到桑天着叶新。
却笑吟翁贪胜赏,玉京归棹已兼旬。[4]

---

[1] 孙士觉.古越汉诗史述及文本辑考[D].武汉:华中师范大学,2006:72.
[2] 孙士觉.古越汉诗史述及文本辑考[D].武汉:华中师范大学,2006:119.
[3] 孙士觉.古越汉诗史述及文本辑考[D].武汉:华中师范大学,2006:126.
[4] 孙士觉.古越汉诗史述及文本辑考[D].武汉:华中师范大学,2006:129.

这几首越南诗人创作的诗歌所描写的自然景观是他们生活的地方，完全没有中国诗人描述交州或交趾、安南时必然会出现的"瘴风瘴雨""炎荒""蛮夷"等意象，反而颇有中原的味道，因此折射出创作主体的心理是宁静祥和的感受，而没有愁苦不堪、惆怅不已的感觉。可见意象虽有天地自然之象，却也是人心营构之象。一块同样生活繁衍着人类的土地，在中原的话语体系里，变得如此可怕，可能对于任何人来说，这都是始料未及的。

第六章　北部湾地域意象的文化根源探寻

在北部湾地区形成的地域意象具有其文化根源,首先由地域文化培育,然后经由流寓文化得到发展提升。这也是彼时的本地文化与外来文化交流的结果。

一、地域文化

如前所述,交趾原为古地区名,泛指五岭以南。汉武帝时为所置十三刺史部之一,辖境相当今广东、广西大部和越南的北部、中部。东汉末改为交州。越南于10世纪30年代独立建国后,宋亦称其国为交趾。南宋以后,虽改称为安南和越南,因其国本为古交趾地,故也别称为交趾。《礼记·王制》:"南方曰蛮,雕题、交趾。"《汉书·武帝纪》:"遂定越地,以为南海、苍梧、郁林、合浦、交阯、九真、日南、珠崖、儋耳郡。"宋赵汝适《诸蕃志·交趾国》:"交趾,古交州,东南薄海,接占城,西通白衣蛮,北抵钦州,历代置守不绝。"

在古代,一般而言,这一带的疆域划分并非那么清楚,在文学作品里,北部湾一带具有蛮荒偏远、异域风光、海洋生态、将士戍边等叙事特点。因此有天涯海角意象、犀牛槟榔意象、合浦珠意象、鲛人意象、马援铜柱意象等。

(一)珍珠文化

南海珍珠的传说早已有之,珍珠与人的关系早已很密切。

第一,珍珠可致富。《汉书·地理志》:"粤地,牵牛、婺女之分野也。今之苍梧、郁林、合浦、交趾、九真、南海、日南,皆粤分也……处近海,多犀、象、毒冒、珠玑、银、铜、果、布之凑,中国往商贾者多取富焉。"[1]《汉书·王章传》:"大将军凤薨后,弟成都侯商复为大将军辅政,白上还章妻子故郡。其家属皆完具,采珠致产数百万。时,萧育为泰山太守,皆令赎还故田宅。"[2]

第二,珍珠被赋予情感,产生与珍珠相关的神话或传说。东汉郭宪《洞冥记》卷二:味勒国在日南,其人乘象入海底取宝,宿于鲛人之舍,得泪珠,则鲛人所泣之珠也。[3]

南朝宋范晔《后汉书·孟尝传》载:

(合浦)郡不产谷实,而海出珠宝,与交阯比境,常通商贩,贸籴粮食。先时宰守并多贪秽,诡人采求,不知纪极,珠遂渐徙于交阯郡界。于是行旅不至,人物无资,贫者饿死于道。尝到官,革易前敝,求民病利。曾未逾岁,去珠复还,百姓皆反其业,商货流通,称为神明。[4]

同样的故事后来还在发生。《地理志》曰:"水南出交州合浦郡,治合浦县,汉武帝元鼎六年平越所置也。王莽更名曰桓合,县曰桓亭。孙权黄武七年,改曰珠官郡。郡不产谷,多采珠宝,前政烦苛,珠徙交阯。会稽孟伯周为守,有惠化,去珠复还。"[5]

明珠往往和鲛人、骊龙有着摆脱不了的联系。如前述郭宪《洞冥记》卷二载:味勒国在日南,其人乘象入海底取宝,宿于鲛人之舍,得泪珠,则鲛人所泣之珠也。[6] 在唐朝,有王奉珪《明珠赋》、张随《海客探

---

[1] 班固.汉书:卷二[M].北京:中华书局,1999:1329-1330.
[2] 班固.汉书:卷二[M].北京:中华书局,1999:1329-1330.
[3] 郭宪.洞冥记:卷二[M]//永瑢,纪昀,等.钦定四库全书.上海:上海古籍出版社,2003:3a.
[4] 范晔.后汉书:卷三[M].北京:中华书局,1998:1671-1672.
[5] 郦道元.水经注全译:下册[M].陈桥驿,叶光庭,叶杨,译.贵阳:贵州人民出版社,2008:1227.
[6] 郭宪.洞冥记:卷二[M]//永瑢,纪昀,等.钦定四库全书.上海:上海古籍出版社,2003:3a.

骊珠赋》,讲述明珠的故事:"鲛人泣吴江之际,游女弄汉皋之曲。在蜀郡而浮青,居石家而字绿。无胫而至,有感必通。去映魏车之乘,来还合浦之中","鄙鲛人之慷慨,殊赤水之罔象"。[1]

甚至合浦采珠人还参与了一宗造神像的趣闻。据唐《释迦方志》记载:

晋咸和中,丹阳尹高悝见张侯桥浦有异光,使人寻之,得一金像,无有光趺。载至长干巷口,牛住不行。乃任所之,径趣长干寺。后数年,临海渔人张系世于海口见铜莲花趺浮水上,乃以表闻。敕送像足。宛然符合。后有天竺五僧诣悝云:"昔于本国得阿育王像,至邺遭乱,藏于河岸。近感梦云:吾已出江南,为高悝所得。"乃引至寺,僧见流涕,像为放光,照于内外。僧曰:"此像乃育王第四女所造,文在花趺上。"因检同焉。[2] 后晋"咸安元年,交州合浦采珠人董宗之采珠没水底下,得佛光焰,交州送台,以施于像。"[3]

当时称为交州合浦,可见其实这一带的疆域划分并非那么清楚。

第三,合浦珠被赋予象征国家兴旺发达之义。南朝宋沈怀远在《南越志》中称"国步清,合浦珠生",将合浦产珠作为国家兴旺发达的象征。[4] 晋傅玄《傅子·阙题》中有"必须南国之珠而后珍"[5],"南国之

---

[1] 经济汇编:食货典,第三百二十二卷[M]//陈梦雷.古今图书集成.上海:中华书局,1934: 49b-53b.

[2] 道宣.释迦方志[M].范祥雍,点校.北京:中华书局,1983:107-108.

[3] 道宣.释迦方志[M].范祥雍,点校.北京:中华书局,1983:107-108.

[4] 北海市政协文化文史和学习委员会.合浦珍珠渊源久远[M]//南珠:天下一第一珠.南宁:广西民族出版社,2019. 参见 http://www.bhlib.com/e/action/ShowInfo.php? classid = 39&id=11048 2022-2-20.

[5] 赵应铎.中国典故大辞典[Z].上海:汉语大词典出版社,2005:331.

珠""日南珠"皆成了"南珠"代称[1]。

合浦珠还与佛教结了缘。《南齐书·祥瑞志》载:"七年越州[2]献白珠,自然作思惟佛像,长三寸,上起禅灵寺,置刹下"。《南史·扶南国》记载:"咸安元年,交州合浦人董宗之采珠没水底,得佛光焰,交州送台,以施于像"。[3]

第四,采珠与廉政。自南朝宋范晔《后汉书·孟尝传》始,合浦珠、合浦还珠等与廉政产生联系。

三国时期东吴及西晋初年将领、官员陶璜非常关心珠民,《晋书·列传第二十七》:

> 璜为冠军将军,上言曰:合浦郡土地硗确,无有田农,百姓惟以采珠为业,商贾去来,以珠货米。而吴时珠禁甚严,虑百姓私散好珠,禁绝来去,人以饥困。又所调猥多,限每不充。今请上珠三分输二,次者输一,粗者蠲除。自十月讫二月,非采上珠之时,听商贾往来如旧。并从之。[4]

唐杜甫《客从》:"客从南溟来,遗我泉客珠。珠中有隐字。欲辨不成书。缄之箧笥久,以俟公家须。开视化为血,哀今徵敛无。"[5]元稹《采珠行》:"海波无底珠沉海,采珠之人判死采。万人判死一得珠,斛量买婢人何在?年年采珠珠避人,今年采珠由海神。海神采珠珠尽死,死

---

[1] 廖晨宏.古代珍珠的地理分布及商贸状况初探:以方位称名的珍珠为例[J].《农业考古》,2012(01):221-225.

[2] "南朝越州地望相当于今桂东南、桂南及广东西南.州治在今浦北县石埇".引自廖国一.环北部湾沿岸珍珠养殖的历史与现状[J].广西民族研究,2001(04):101-108.

[3] 李大师,李延寿.列传第六十八[M]//南史:卷十八.北京:中华书局,1975:1956.

[4] 经济汇编:食货典,第二百三十一卷[M]//陈梦雷.古今图书集成.上海:中华书局,1934:34b.

[5] 竞鸿.全唐诗精华[M].长春:吉林文史出版社,1994:924.

尽明珠空海水。珠为海物海为神,神今自采何况人。"[1]以采珠事谴责苛政。

唐令狐楚、陆复礼和尹枢都曾以"不贪为宝,神物自还"为韵创作《珠还合浦赋》,歌颂廉政如珍珠般美好:"孟君来止,惠政潜施。欲不欲之欲,为无为之为。不召其珠,珠无胫而至……"[2]"然知此珠之感,惟政是随。当政至而则至,偶俗离而则离。人而无道兮不去何以,人而有德兮不复何为。"[3]"诚感神,德繋物。在为政之不咈。愚是以颂其宝而悦其人,美斯政而感斯珍……"[4]

南珠还与文人雅事、廉政产生越来越多的联系。《永乐大典残卷》卷之五千三百四十五,《南珠亭记》记述韩愈在潮州的一桩轶事:

初公之治省闼也,尝梦至一僧寺,有以手卷书"南珠"二字以遗,公觉而异之。比至于潮,暇日于书院邻寺中,或指南珠亭故址以白公,公恍兮记前梦而新是图。岂非九贤之精爽不昧,豫以起废之事,属之公耶?继自今登斯亭者,景仰高风,冈俾古贤专美前代,此则公之所望于士也。世人有爱珠者,至剖腹而藏诸,其与匹夫怀璧其罪者相去不能以寸。回视公之礼崇化,所宝惟贤,而不泚其颡者几希。公之治绩宜不一书,将如西都之良二千石,增秩赐金于在官之日,征为公卿于选表之余,此又士之所望于公者也。昔孟尝为合浦太守,洁其身而去珠复还。今公之至于是邦,帅以正而百废具兴,使南珠之亭复旧,汶阳之田来归,方之孟尝所履,

---

[1] 竞鸿.全唐诗精华[M].长春:吉林文史出版社,1994:525.
[2] 李昉,徐铉,宋白,等.文苑英华:卷一一七[M]//永瑢,纪昀,等.钦定四库全书.上海:上海古籍出版社,2003:6b.
[3] 李昉,徐铉,宋白,等.卷一一七[M]//永瑢,纪昀,等.钦定四库全书.上海:上海古籍出版社,2003:5a.
[4] 李昉,徐铉,宋白,等.卷一一七[M]//永瑢,纪昀,等.钦定四库全书.上海:上海古籍出版社,2003:4b.

第六章　北部湾地域意象的文化根源探寻

讵肯溟滓然弟之哉？[1]

不过,秦观认为珠还合浦未必是"为廉吏之应":"岂无明月珍,转徙溟渤间。何关二千石,时至自当还。"[2]

南宋周去非也对孟尝还珠之说不以为然:"采珠在官有禁,州以廉名,谓其足以贪也。史称孟尝守合浦,珠乃大还,为廉吏之应。二十年前,有守甚贪,而珠亦大熟。虽物理无验,然此以清名至今,彼与草木俱腐耳。噫！孰知孟尝还珠之说.非柳子厚复乳穴之说乎？"[3]

第五,珍珠自有其文化内涵。明两广巡抚林富之孙林兆珂写的《采珠行》非常详细地叙述了珍珠的文化内涵:

水府鲛人室,汉皋神女游,上烛玉绳于中夜,下弄日月于横流。或含恩而洒泪,或解佩而潜流,七采胎玑产巨蚌,河宗献宝朝阴侯。重渊深抱骊龙睡,赤水室惊象周求。赤水重渊何微茫？投珠抵璧自虞唐。汉家神武威荒服,岂以珍珠问越裳。武皇宵肝垂南顾,节钺之权寄貂貑。太清明月薄蟾蜍,诏书南下大征珠。……君不见,伏波横海标铜柱,风云依旧苍梧山。太守孟尝空似我,但问明珠还未还。[4]

还有不少文学作品开始频繁出现"南珠"。如《苏东坡全集》卷三十八《广州东莞县资福禅寺罗汉阁记》有"五百大士栖此城,南珠大贝皆东倾"[5]的诗句。《粤西诗载》卷二十选明代范凤翼《送王梦叟从张扬伯

---

[1] 马蓉,陈抗,钟文,等.永乐大典方志辑佚:第四册[M].北京:中华书局,2004:2656.
[2] 黄雨.历代名人入粤诗选[M].广州:广东人民出版社,1980:169.
[3] 周去非.岭外代答校注[M].杨武泉,校注.北京中华书局,1999:259.
[4] 吴彩珍.中国瑰宝:南珠[M].南宁:广西民族出版社,1992:74.
[5] 苏轼.苏东坡全集:卷三十八[M]//永瑢,纪昀,等.钦定四库全书.上海:上海古籍出版社,2003:20b.

之官粤西》:"名花语鸟堪遥集,好寄南珠慰寂寥。"[1]清沈季友《槜李诗系》卷三十五:"嘉兴美女惯浓妆,绝样南珠间翠珰。"[2]。清丘逢甲《烈妇篇为广东候补从九品冯景鳌继室方孺人作》:"我弄南珠向瀛岛,遗芬亲听群真道。"[3]清代《曝书亭集》中有《拟古》:"言采柔桑不盈一掬,愧无南珠以慰心曲。"[4]《双双燕》:"纵遣丝垂缕绀。穿不起、南珠盈串。"[5]

第六,珍珠的知识具有深厚的文化底蕴。清初致力于岭南地方文化研究的屈大均在《广东新语》中对合浦珍珠记载甚丰,认为珍珠与月密切相关。

合浦海中,有珠池七所。其大者曰平江、杨梅、青婴,次曰乌坭、白沙、断望、海猪沙,而白龙池尤大。其底皆与海通,海水咸而珠池淡,淡乃生珠,盖月之精华所注焉。故珠生池中央者色白,生池边者色黄,以海水震荡,咸气侵之,故黄也。珠者蚌类也,蚌之阴精,圆泽为珠,故郭璞曰"琼蚌晞曜以莹珠"。或以为石决明产,非也。珠一名神胎,凡珠有胎,盖蚌闻雷则瘠瘦,其孕珠如孕子然,故曰珠胎,蚌之病也。珠胎故与月盈朒,望月而胎,中秋蚌始胎珠,中秋无月则蚌无胎。《吕氏春秋》云:"月群阴之本,月望则蚌蛤实,群阴盈。月晦则蚌蛤虚,群阴挐。"《淮南子》云:"蛤、蟹、珠、龟,与月盛衰。"又云:"月死而蠃蚌膲。语曰:涸蜯之精,

---

[1] 汪森.粤西诗载:卷十九[M]//永瑢,纪昀,等.钦定四库全书.上海:上海古籍出版社,2003:39b.

[2] 沈季友.槜李诗系,卷三十五[M]//永瑢,纪昀,等.钦定四库全书.上海:上海古籍出版社,2003:4a.

[3] 丘逢甲.岭云海日楼诗钞:卷三[M]//黄志平,丘晨波.丘逢甲集.长沙:岳麓书社,2001:229.

[4] 朱彝尊.曝书亭集:卷二[M]//永瑢,纪昀,等.钦定四库全书.上海:上海古籍出版社,2003:8a.

[5] 朱彝尊.曝书亭集:卷二十八[M]//永瑢,纪昀,等.钦定四库全书.上海:上海古籍出版社,2003:14b.

孕为明月。又曰:蚌胎之珠,随月圆缺。"予诗云:"中秋月满珠同满,吐纳清光一一开。明月本为珠作命,明珠元以月为胎。"是也。凡秋夕,海色空明,而天半闪烁如赤霞,此老蚌晒珠之候。蚌故自爱其珠,得月光多者其珠白,晒之所以为润泽也。凡蚌,无阴阳牝牡,须雀雉变化而成,故能生珠,专一于阴也。曰珠牡者,言其蚌大无阴也,或以九孔螺为珠牡,非也。曰珠母者,言其无阳也。蚌以月为食,与蟾蜍相为性命,呼吸太阴之精,无大小皆有珠,皆牝类也,称海曰珠母宜也。又珠母者,大珠在中,小珠环之也。予诗云:"珠池千里水茫茫,蚌蛤秋来食月光。取水月中珠有孕,精华一片与天长。"[1]

屈大钧说:"大抵蚌蛤以月为命,月者水之精,珠则月之精。"因此有李商隐的"沧海月明珠有泪"。屈大均还特别提及南珠以及养珠的知识:

合浦珠名曰南珠,其出西洋者曰西珠,出东洋者曰东珠。东珠豆青白色,其光润不如西珠,西珠又不如南珠。南珠自雷、廉至交趾,千里间六池,出断望者上,次竹林,次杨梅,次平山,至汙泥为下,然皆美于洋珠。宓山云:"洋珠大如豆者,竟似夜光,但易碎又轻,一名玻璃珠。其中空,故轻。"凡珠有生珠,有养珠。生珠者以蚌晒之日中,其口自开,则珠光莹,谓之生珠;若剖蚌出珠,则黯黯矣,是谓死珠。养珠者,以大蚌浸水盆中,而以蚌质车作圆珠,俟大蚌口开而投之,频易清水,乘夜置月中。大蚌采玩月华,数月即成真珠,是谓养珠。养成与生珠如一,蚌不知其出于人也。蚌之精神,盖月之精神也。[2]

第七,采珠催生了祭海神或珠神的宗教活动。晋代刘欣期《交州

---

[1] 屈大均.广东新语:下[M].北京:中华书局,1997:411-412.
[2] 屈大均.广东新语:下[M].北京:中华书局,1997:414.

记》有珠民采珠祀神的记载:"涠洲有石室,其里一石如鼓形。见榴杖倚著石壁,采珠人常祭之。"[1]晋嵇含《南方草木状》记:"凡采珠,常于三月。用五牲祈祷。若祠祭有失,则风搅海水,或有大鱼在蚌左右。"[2]徐衷《南方状》曰:"采珠用五牲祈祷,若祠祭有失,则风搅海水,或有大鱼在蚌左右。"[3]明朝宋应星《天工开物》记述:"凡廉州池,自乌泥、独揽沙至于青莺,可百八十里。……蜑户采珠,每岁必以三月,时牲杀祭海神,极其虔敬。"[4]屈大均《广东新语》:"凡采生珠,以二月之望为始。珠户人招集赢夫,割五大牲以祷。稍不虔洁,则大风翻搅海水,或有大鱼在蚌蛤左右,珠不可得。又复望祭于白龙池,以斯池接近交趾,其水深不可得珠,冀珠神移其大珠至于边海也。"[5]

(二)伏波文化

广西特别是广西的北部湾地区,作为马援当年南征出入交趾经过的地方,在历史上留下了许许多多关于马援的史事、传说、遗址和遗迹,虚虚实实,林林总总,形成了一种"马援文化"现象。有以下一些表现:

1.伏波庙

当年,马援一路南征,安定四方,民众感恩,立祠祀之。从东汉至清,广西许多地区都有伏波庙,这些伏波庙的空间分布从另一角度验证了马援南征之路线。清代时广西各地伏波庙的地理分布大致集中在桂东北、桂东南和桂西南这三大区域,自北向南形成了一个以马援为祭祀主神的

---

[1] 方舆汇编:职方典(廉州府部汇考一),卷一三六一[M]//陈梦雷.古今图书集成.上海:中华书局,1934:19b.

[2] 历象汇编.岁功典(季春部杂录),卷三十六[M]//陈梦雷.古今图书集成.上海:中华书局,1934:23a.

[3] 张燮.东西洋考:卷二[M]//永瑢,纪昀,等.钦定四库全书.上海:上海古籍出版社,2003:16a.

[4] 经济汇编.食货典:第三百二十二卷[M]//陈梦雷.古今图书集成.上海:中华书局,1934:52a.

[5] 屈大均.广东新语:下[M].北京:中华书局,1997:412.

祭祀圈。[1] 而以"伏波庙"为题的诗作也层出不穷。如北宋赵抃《题马伏波庙二首·其二》："平生忠勇建殊勋，薏苡疑珠竟不分。光武明如辩谗者，肯教千古负将军。"南宋赵蕃写了四首谒伏波庙的诗，其中三首如下：

五月十七日谒伏波庙四首·其一

万里才传却瘴方，药囊翻谓橐中装。
谗人不敢投豺虎，空见壶头石室荒。

其二

仰视飞鸢始欲愁，要之乐死胜怀忧。
功名慷慨吾无志，所愿平生马少游。

其三

邹江江上祀陶公，亦以吾孙靖节从。
我谓辰州升德庙，要当并写少游容。

明徐祯卿《安南歌四首送沈使君·其三》："乌蛮滩上烟水声，伏波庙前秋月明。夜半津人挽舟上，夷歌偏动望乡情。"

明代心学大师王阳明十五岁那年梦到自己拜谒伏波将军庙，并赋诗一首曰："解甲归来马伏波，早年兵法鬓毛皤。云埋铜柱雷轰折，六字题文尚不磨。"后来他受命去广西抚剿，在临终前一个月，拜谒广西伏波庙

---

[1] 滕兰花.清代广西伏波庙地理分布与伏波祭祀圈探析[J].广西民族学院学报（哲学社会科学版），2006(04):110-114.

后创作了《谒伏波庙二首》[1]。

2. 马援铜柱

关于马援在交趾立铜柱一事,最早见于晋斐渊所撰《广州记》,由后人注《后汉书》时引出,引文曰:"援到交趾,立铜柱,为汉之极界也。"[2]其后,郦道元《水经注》有更多的记载:"郁水又南自寿泠县注于海。昔马文渊积石为塘,达于象浦,建金标为南极之界。"郦道元接着引俞益期《笺》云:"马文渊立两铜柱于林邑岸北,有遗兵十余家不反。居寿泠岸南而对铜柱。悉姓马,自婚姻,今有二百户。交州以其流寓,号曰马流。言语饮食,尚与华同。山川移易,铜柱今复在海中。正赖比民,以识故处也。"又引《林邑记》曰:"建武十九年,马援树两铜柱于象林南界,与西屠国分汉之南疆也。"[3]之后,马援铜柱在广西的地点有钦州、宁明、凭祥、合浦等说法。如《岭外代答》载:"闻钦境古森峒与安南抵界,有马援铜柱,安南人每过其下,人以一石培之,遂成丘陵。其说曰,伏波有誓言云:'铜柱出,交趾灭',培之惧其出也。"[4]又《读史方舆纪要》载:"分茅岭,州西南三百六十里,与交趾分界。山岭生茅,南北异向。相传汉马援平交趾,立铜柱其下,以表汉界。……旧志:马援立铜柱在交州古森峒,即此岭云。"[5]记载中的钦州古森峒、分茅岭,今属防城港市防城区那良镇境。至于合浦有铜柱,则从初唐诗人项斯的一首《蛮家诗》推断。该诗开头四句云:"领得卖珠钱,还归铜柱边。看儿调小象,打鼓试新船。"诗中描写了合浦一带海边珠民们的生活,也反映了这个地方曾有过铜柱,而且铜柱附近还形成了一个闹市。[6]

---

[1] 陈峥.王阳明《谒伏波庙二首》赏析[J].孙子研究,2015(06):117-118.
[2] 李昉,李穆,徐铉,等.太平御览[M].北京:中华书局,1995:3407.
[3] 郦道元.水经注全译:下册[M].陈桥驿,叶光庭,叶杨,译.贵阳:贵州人民出版社,2008:1236.
[4] 周去非.岭外代答校注[M].杨武泉,校注.北京:中华书局,2006:404.
[5] 广东地方史志办.廉州府部(五)[M]//广东历代方志集成.广州:岭南美术出版社,2009:30.
[6] 卢岩.伏波文化论文集[C].南宁:广西人民出版社,2010:5-6.

3. 南方薏苡

有研究者发现,广西现存有一类水生薏苡,是我国薏苡属内最为原始的种群,并推测广西可能是薏苡属植物的起源和演化中心之一。[1] 自古以来,今湘、桂、滇、黔山区确是薏苡的主要产地,北方的薏苡栽培均源出南方。[2]

薏苡本来是南方的食材和药材,正如北宋梅尧臣《和石昌言学士官舍十题·其三·薏苡》"叶如华黍实如珠,移种官庭特葱茜"。但是因为马援遭受薏苡之谤,从此文人官员多了一个心病:"但蠲病渴付相如,勿恤谤言归马援",以至于元傅若金在面对"安南使馈香分送诸公"这样的好事时也忍不住道:

> 南越名香屑异才,远人持赠比璃瑰。
> 采经铜柱秋云湿,薰对珠崖夕照开。
> 入朝喜见朱鸢定,充贡还随白雉来。
> 久忆诸公喜分送,却愁薏苡误相猜。

二、流寓文化

唐代以后,众多或被贬放,或前来避难、为官的流寓文士来到岭南。作为当时的文化精英,他们一方面以诗文书写岭南、表现岭南,使岭南风物较早被作为审美对象进入文人创作视野,岭南生活成为其人生历程的转捩点,促进了创作风格的转变;另一方面,他们也成为当时中原先进文化的传播者,使岭南本土文化快速融入中华文化发展版图。北部湾为岭南的一部分,也不例外。被贬或路过北部湾、来北部湾为官的有张说、沈佺期、宋之问、苏轼、陶弼、岳霖、汤显祖等历代文化名人。他们最终以炎

---

[1] 陆平,左志明.广西水生薏苡种的发现与鉴定[J].广西农业科学,1996,(01):18-20.
[2] 贺刚.湘西史前遗存与中国古史传说[M].长沙:岳麓书社,2013:342.

荒粤西为坐标,构建起自我与当地文化融合的生命价值体系,促使这片古老炎荒之地走向文明开化的进程,并最终形成自己独特的文化品格。流寓诗人群体有着复杂的生命体验,至少表现在四个方面:流寓初期的挫折感;在流寓之所遭受的精神折磨;蛮荒异域风土人情的熏染;获赦北归之时惊喜交加的复杂心情。如此复杂的体验亦通过他们的诗歌作品流露出来。张说流放钦州前后的作品有二十二首;宋之问流放钦州时,寓桂州及赴流所途中有诗十多首;陶弼在钦州任知州三年期间,创作了大量的描绘多姿多彩滨海风光的诗篇,一共有三十多首[1](一说"可确考者达二十五首之多"[2])。

北部湾流寓诗人复杂的生命体验对诗歌作品意象的开掘与丰富有一定的影响。流贬可以说是中国抒情文学中历史悠久的主题,主题的表现离不开语言形式,对于抒情文学作品而言,主题的表现主要靠作品中的意象。北部湾独特的生态环境、文化环境为诗人发掘新意象或复活传统意象提供了外在条件;因贬谪而内心充满失意、苦闷等消极情绪的诗人,在继承原有的文学传统意象的基础上,急需寻找既切合贬所环境又能表达复杂情感的新意象,或激活诗歌史上曾经存在的意象并扩充其内涵,这是内在根据。在张说流放钦州所作诗歌中,有传统的意象,如"请君聊驻马,看我转征蓬"(《南中别陈七李十》)中的"蓬","饥狖啼相聚,愁猿喘更飞"(《岭南送使》)中的"狖""猿",表现的是流贬生涯的漂泊和悲哀。同时,投荒万里、思归心切的诗人还挖掘出"合浦叶"的意象来表达回归主题。合浦叶原与汉代谶纬迷信有关,与诗歌中的回归主题无涉,南朝诗人江总《遇长安使寄裴尚书》云:"传闻合浦叶,远向洛阳飞。"始以合浦叶寄托归思,但稍显平淡。到唐代贬谪诗人张说时则云:"传闻合浦叶,曾向洛阳飞。何日南风至,还随北使归。"(《南中送北使二首·其一》)张说流放钦州,地近合浦,化用合浦叶的典故寄托归思,不仅贴

---

[1] 宋坚.北宋陶弼滨海诗歌创作研究[J].广西民族大学学报(哲学社会科学版),2012,34(04):161-165.
[2] 刘瑞.陶弼在广西的经历及其诗歌创作研究[D].南宁:广西师范学院,2012.

切,情感也强烈。张说形容贬谪生涯的漂泊无依时说:"自怜如坠叶,泛泛侣仙舟。"(《和朱使欣二首·其二》)难以把握自己前途命运的诗人每每"愿作枫林叶,随君度洛阳"(《南中别蒋五岑向青州》),思归之情尤为强烈。同样是被流放钦州的宋之问亦云:"逐伴谁怜合浦叶,思归岂食桂江鱼。"(《桂州三月三日》)只有在"万里投荒裔,来时不见亲。一朝成白首,看取报家人"(张说《岭南送使二首·其二》)的贬谪诗人笔下,这类意象方有浓厚的情感内涵。

以往诗歌中很少使用的意象,如瘴疠、飓母、蜑雨、魑魅等却频频出现(这在前文所举的诗例中已有体现),一方面有一定的客观环境作为基础,北部湾炎热多瘴,海洋动植物资源丰富,另一方面,这些意象经过流寓诗人的加工创造,被贯注了主体的悲愁、苦闷、恐惧等情感因素,即"有天地自然之象,有人心营构之象"[1]。此类意象的艺术性组合,传神地传达出主体的复杂体验与情怀。初唐宋之问《桂州三月三日》(一作《桂阳三日述怀》)"代业京华里,远投魑魅乡。登高望不极,云海四茫茫",将广西称为"魑魅乡",以京华侍臣与贬放流寓对比,倾注身世之感。还有北宋张耒的《送丁宣德赴邕州佥判》:

邕南亭障久消兵,莫厌扁舟万里行。
岭外山川从古秀,幕中谈笑属时平。
天连涨海鹏飞近,风卷孤城飓母生。
勿为跕鸢思款段,古来男子重功名。

此诗虽然说的是邕州,但是已然使用了北部湾较具代表性的地域意象:涨海、飓母、跕鸢。

再考察四十八岁至五十一岁任职钦州的北宋官员陶弼的钦州诗歌,可发现其中甚为浓厚的北部湾海洋特色及地域意象。如《三山亭》"红

---

[1] 章学诚.易教下[M]//文史通义校注.叶瑛,校注.北京:中华书局,1985:18-19.

螺紫蟹新鲈脍,白藕黄柑晚荔枝。酒尽月斜潮半落,山翁不省上船时",又"三山亭下水悠悠,山耸潮平地欲浮。草木秀多穷海角,栋梁高处压鳌头。莫辞樽俎金船夜,曾驻旌旗玉帐秋。好景眼前题不尽,恍然神鬼在瀛洲",《潮月亭》"坐看月从潮上出,水晶盘里夜明珠",《直钓亭》"纵人能取鳞中意,南海波澜一夜空",还有"潮欠海门声"(《西湖》)、"远蕃船舶至,海角暮潮平"(《南湖》)、"客正思新绘,鱿鲸气莫骄"(《钓石》)。虽然他还是无法摆脱地处偏远的客观环境而心生惆怅:"一家生意付秋瘴,万里归心随暮潮"(《天涯亭》),但更多的是自觉融入当地的文化生活,参与构建地域意象。如他创作了数首包含"合浦还珠"意象的诗歌:

海角亭怀古

骑马客来惊路断,泛舟民去喜帆轻。

虽然地远今无益,争奈珠还古有名。

合浦还珠亭

合浦还珠旧有亭,使君方似古人清。

沙中蚌蛤胎常满,潭底蛟龙睡不惊。

题廉州孟太守祠堂

昔时孟太守,忠信行海隅。

不贼蚌蛤胎,水底多还珠。[1]

在陶弼的诗歌中,我们可以看到,作为外来的北部湾治理者,他的创作既有地域文化特征也有流寓文化特征。

---

[1] 本部分参考:宋坚.北宋陶弼滨海诗歌创作研究[J].广西民族大学学报(哲学社会科学版),2012,34(04):161-165;刘瑞.陶弼在广西的经历及其诗歌创作研究[D].南宁:广西师范学院,2012.

第七章　结　语

中国古典诗歌中，一个物象可以构成意趣各不相同的许多意象。各个意象可以直接拼合，意象之间似乎没有关联，其实在深层上却互相钩连着，只是那起连接作用的纽带隐蔽着，并不显露出来。意象的使用尤其活跃而有创造力，古代的诗人因此得以打破时间和空间的局限，在广阔的背景上自由地抒发自己的感情。北部湾的地域意象也是如此。

本研究通过分析古诗中的北部湾地域意象，将之分为以下几种情况：地名生成意象，人名、封号生成意象，动物生成意象，植物生成意象，自然现象生成意象，及事典生成意象，在此基础上，又把北部湾地域意象的组合方式归类为并列式、对比式和递进式意象组合。虽然诗人构建起一种地域意象，但这并不会成为对诗人的限制。本研究以北部湾本土诗人冯敏昌诗歌为例，分析其诗作中北部湾地域意象融入中华古典诗歌的叙事模式，由此说明冯氏在进行诗歌创作时具有自觉的本土意识，通过使用并列意象组合丰富叙事内涵等方式，构建起中国文化认知体系下的个体叙事模式，将自己家乡的地域特色与中国传统文化相融合。类型化的意象还起到了文化母题的作用。它的影响渗透到域外诗，甚至影响了外国诗人的诗歌创作。可见，地域意象如果有强大的艺术魅力，不管具有的是积极还是消极的意味，都可以感染诗人，让他们借以表达自己的情感、观念和思想。北部湾地域意象有壮烈威武的英雄意象——伏波、铜柱等，有正气凛然的廉吏意象——孟尝、合浦珠还等，能振奋人心、令人自豪，这自然是一种积极的影响，但也有令人心生恐惧的瘴、飞鸢跕跕、飓母、蜑雨等恶劣的自然意象，它们也并非会对当地带来负面影响，因为这曾经是历史上真实的存在。这些描述古代蛮荒地区生态环境的意象，其实已经通过吟诵至今的一首首诗篇，成为一种文化的集体记忆，成为一种文化的凝聚力。

一个国家,由许多片土地组成;一个民族,由生活在每一片土地上的人们构成。中国古代诗歌的种种意象,有其深厚的文化渊源,以地域为视角,探讨诗歌的意象,是根植于某一片土地的尝试。中国古代诗歌中的北部湾地域意象,包含历史典故、历史人物、历史地名,有与当地息息相关的动物、植物、自然现象等,这些具有历史色彩、自然特色的意象与诗人的心境相契合,拓宽了诗歌的深度和厚度,使诗歌富于哲思而意旨高远。也因此,北部湾地域意象超越了时空。

　　2017年4月,习近平总书记在赴广西视察时,又进一步指出广西要大力发展"向海经济",进一步释放"海"的潜力、激发"江"的活力、做足"边"的文章,广西有条件在国家"一带一路"建设中发挥更大作用。[1]习近平总书记的指示可以说是深深根植于广西的地域文化的。这也是北部湾地域意象研究的现当代意义。

---

[1]　岑树田.争做开放合作排头兵:广西在一带一路建设中发挥更大作用[N].国际商报,
　　 2019-09-27(k50).